KB070396

삐삐언니는 조울의 사막을 건넜어

이주현 지음

삐삐언니는 조울의 사막을 건넜어

아파도 힘껏 살아가는 너에게
들려주고 싶은 이야기

한겨레출판

다정한 사랑의 힘

딱 '나' 같은 글을 쓰고 싶었다. 단순하고 복잡한, 많이 웃기지는 못해도 미소짓게 만드는, 슬픈 얘기지만 읽는 이의 마음을 후벼 파지 않는 그런 글. 남의 마음에 과부하를 지우는 글은 쓰고 싶지 않았다. 울음을 터뜨리게 하는 글은 쓰고 싶지 않았다. 나 역시 이 글을 쓰다가 운 적 없었으므로. 그런데 이 글의 초고를 본 사람들 다수가 울었다. 펑펑 울었다는 여자도 있고, 눈물이 찔끔 났다는 남자도 있다. 동생에게 한 대목 읽어줬더니 얼굴을 파묻고 흑흑 흐느껴 울었다.

상반되는 감정이 주기적으로 덮쳐온다는 점 때문에 조울병을 바다에 빗대는 경우가 많다. 해변을 휩쓸어버리는 조증의 해일, 모든 것을 집어삼킬 듯 달려드는 울증의 검은 파도. 하지만 가만히 생각해보면 조울병은 '사막'에 더 가깝다. 모든 것을 태워버릴 듯 지글거리는 사막의 태양. 밤이면 영하로 내려가는 극단적 추위. 다양한 생명체의 활극이 펼쳐지는 바다와 달리, 사막의 극한 환경은 생명을 품을 만한 곳이 못 된다. 별자리 읽는 법을 익히지도 못한 채 사막을 헤매는 것은 고립과 죽음을 의미한다. 정신질환으로 세상과 소통할 방도를 잃어버린 이들은 외로운 사막에 놓여 있는 것과 마찬가지다.

내가 그동안 조울병을 앓으며 써왔던 많은 일기와 메모들은 사막의 낮과 밤, 뜨겁거나 차가운 모래 위에 쓴 글들이었다. 아무것도 쓰지 않는다면 광기의 절벽으로 떨어질까 봐 무서워서, 나의 말을 영원히 잃어버릴까 두려워서 펜을 들었다. 의지는 연약했고 글은 의미의 꼴을 갖추지 못했다. 허공을 향한 주먹질이었다. 바람 한 번 불면 날아갈 글들이라도 쓰지 않고선 어쩔 도리 없었다.

이제 조울의 사막을 '건넜다'고 단정할 수 있을지 모르겠다. 조울병은 끊임없이 챙기고 돌봐야 하는 만성질환이다. 이 책을 쓰면서, 사막에서 경험한 공포와 적막, 불안과 고통을 복기하면서 세상 사람들에게 털어놓아도 부끄럽지 않다는 걸 알게 됐다. 조울병은 비밀이 아니다. 혼자 허공에 중얼거려야 할 일이 아니다. 그렇게 놔두는 세상에 대해 항의해야 한다.

조울병을 비롯해 다른 정신질환을 앓고 있는 이들과 세상을 연결하는 징검다리를 놓고 싶었다. 그래서 글을 썼고 출간을 결심했다. 조울병에 대한 정확한 이해를 돕고자 조증과 울증을 앓을 때 어떤 상태에 놓이는지 소상히 묘사했고, 평생 함께할 가능성이 큰 이 병을 좀 더 의연하게 맞을 수 있었던 과정을 적었다. 조울병의 양상이 어떤 방식으로 전개되는지를 살펴보기 위해 지금까지 경험했던 감정과 사건을 기록했다. 과거를 돌아보는 글을 쓰면서, 현재와 미래를 대하는 태도도 바뀌었다. 내가 '지금 이 순간'을 누리는 데 얼마나 많은 사람의 사랑과 도움이 있었는지 알게 됐다. '현재'를 꽉 붙잡고 살아야겠다. 미래는 또한 얼마나 불확실한 것으로 가득 차 있는지…. 겸손해져야겠다.

내가 조울의 사막을 건널 용기를 낸 것은 가족과 친구들, 동료들의 많은 도움과 격려 덕분이었다. 그들은 나의 내면에 숨어 있는 씩씩함을 알아봐줬다. 어릴 적 소심했던 성격 탓에 한없이 동경했던 말괄량이 삐삐. 토미와 아니카 같은 좋은 친구들이 있고 남의 눈치를 보지 않으며 반항심과 정의감과 따뜻함이 적절하게 섞여 있는 너무나 멋진 삐삐. 어찌 된 일인지 <한겨레> 동료들은 나를 흔쾌히 '삐삐언니'라고 불러줬다. 그리고 그렇게 믿어줬다. 삐삐언니는 조울의 사막을 어떻게 건넜을까. 흔한 결론을 애기하지 않을 수 없다. 사랑의 힘이라고밖에 말 못 하겠다. 훈훈한 사랑의 이야기이니, 조울병이란 무거운 병명에 짓눌리지 말고 많은 사람이 읽으면 좋겠다. 이 책을 읽고 안도감을 느끼고 격려받으면 좋겠다.

이 책이 나올 수 있었던 것 역시 다정한 사랑의 힘이라고밖에 말 못 하겠다. 항상 나를 사랑하고 믿어준 부모님과 언니 동생, 그리고 조카들. 술 마시지 말고 놀지 말고 부지런히 글 쓰라면서 당근과 채찍을 휘두른 회사 안팎의 동지들과 친구들. 지금의 나로 살아갈 수 있도록 12년 동안 돌봐주고 책 감수까지 맡아주신 의사 김원 선생님에게 고마움을 전한다. 또 방향을 잃고 모래 먼지 속에서 허우적거릴 때 길잡이 낙타가 되어준 편집자 오혜영에게도 뜨거운 감사를 전한다.

마지막으로 희귀병을 앓고 있는 조카 채윤에게 사랑한다 말하고 싶다.

병이 덜미를 잡고 주저앉히려고 해도
너는 침착하고 맑은 눈길로 세상과 사람들을 바라봤지.
덕분에 이모는 조울병을 넘어 또 다른 고통의 세계를 알게 되었어.
고통은 끝이 없지만 우리는 서로의 '곁'이 될 수 있지.
사랑해.

2020년 4월
삐삐언니 주현

PROLOGUE

다정한 사랑의 힘

제 1 부

두 번째 입원

제 2 부

하얀 어둠, 검은 우울

제 5 부

우리는 돈을 내고 운다

제 6 부

부모도 자란다

두 번째 입원

제 1 부

여기가   어딜까

눈을 떴다.

여기가 어딜까?

잠시 생각했다.

몸이 묶여 있었다.

소리를 지르려 했으나 힘이 없었다. 좌우로 들썩거리며 몸을 칭칭 동여맨 벨트에 저항했다. 인기척이 나자 간호사가 들어왔다. 그는 벨트를 풀어주었다. 방 안엔 두 개의 침대가 놓여 있었지만 누워 있는 이는 나뿐이었다. 천천히 복도로 걸어 나왔다. 팔에 깁스하고 환자복을 입은 어떤 남자가 천천히 걸어 다니고 있었다. 눈은 충혈됐고 동공은 풀려 있었다.

　복도 한쪽 끝엔 출입객을 통제하는 철문이 있었다. 철문 앞엔 간호사들과 남자 직원이 지키고 있는 데스크와 간호사실이 있었고, 기다란 복도를 따라 병실들이 좌우로 늘어서 있었다. 방금 깨어난 곳은 간호사실에서 가장 가까운 방이었다. 입원 직후 증상을 자세히 살피기 위해 하룻밤 묵거나 잠시 대기하는 곳이었다. 한 달 전 처음 입원했을 때도 난 그 방에서 시작했다. 얼굴이 창백하고 머리가 긴 아름다운 젊은 여자가 누워 있었다. 그는 몹시 땀을 흘렸고 헛소리를 중얼거리며 희뿌연 잠의 세계 어딘가를 부유하고 있었다. 하지만 나는 그와 다르다. 사물을 명확히 분간할 수 있고 기억도 또렷하다. 그런데 한 달 만에 이곳에 돌아오고야 말았다. 간호사는 내가 전날 밤 잠든 채 병원으로 실려 왔으며 약 12시간 만에 깨어났다고 알려줬다. 2001년 7월 31일 오후 1시 30분. 창밖은 쨍쨍한 여름 한낮.

　깨어나기 전 어떤 일이 있었는지 서서히 기억이 났다. 엄마는 전날 밤 '말라리아약'이라며 파란 알약을 먹였다. 수면제라는 걸 알았다면 순순히 입을 벌리지 않았을 것이다. 한편으론 말라리아약이 아니란 걸 알면서도 삼켰던 것 같다. 터져 나오는 생각들과 죄어오는 긴장감이 계속된 나날이었다. 약 기운에 취해서라도 좀 쉬고 싶다는 생각에 끌려 순순히 수면제를 받아먹었는지도 모르겠다. 너무 피곤했다.

부모님은 항상 나를 믿고 사랑한다고 말했다. 하지만 내가 이곳을 얼마나 싫어하는지 수없이 말했는데도 다시 들여보냈다. 분노가 끓어올랐지만 한 달 전처럼 폭발하진 말자고 생각했다. 솟구치는 노여움을 그대로 다 표출한다면 의사들은 나를 계속 환자라고 생각하면서 가둬둘 것이다. 일단은 조용히 지내자, 될 수 있으면 화를 내지 말자, 그래야 조금이라도 빨리 나갈 수 있다, 마음에 안 들어도 노력하자 다짐했다.

의료진이 정해놓은 절차에 순순히 응하기로 했다. 복도 끝 오른쪽 방에 배정받았다. 간호사실에서 가장 멀리 떨어진 병실이었다. 한 차례 입원을 거치며 나는 이미 확진 환자가 됐다. 의료진이 밀착해 상태를 지켜보거나 감시할 필요가 없고, 위급한 상황을 초래할 가능성이 적다고 판단한 것 같았다. 좀 일찍 나갈 수도 있지 않을까, 희미하게나마 희망이 번졌다.

간단한 물품을 전달받았다. 부모님이 플라스틱 컵, 슬리퍼, 칫솔, 비누, 필기구, 속옷, 수건 등 필요한 물품을 넣어둔 터였다. 정신과 병동에선 자해나 자살 위험을 고려해 유리컵 사용을 금지한다. 환자복은 병원에서 세탁하지만 속옷, 손수건 같은 개인 물건은 직접 빨아야 한다. 어릴 적부터 피부가 약해 세탁비누나 세제 분말이 손에 닿으면 곧 습진에 걸렸던 나는 물품 신청서에 '고무장갑' 네 글자를 또박또박 적어넣었다. 비록 정신적 불안정 때문에 재입원하게 된 처지이나, 최대한 차분하고 침착한 태도로 품위를 유지하려고 노력했다.

병실에 들어섰다. 침대가 8개나 있는 큰 방이다. 환자들과 간단히 인사를 나눴다. 모두 '알코올 때문에' 입원했다고 했다. 내 자리는 창문 옆 침대였다. 창밖을 내다봤다. 마트 개장을 알리는 애드벌룬이 둥실 떠 있었다. 옛 시가지 우중충한 건물들 위에 상업적인 명랑함을 가장한 채 흔들리는 애드벌룬. 그 모습이 뜬금없으면서도 홀로 나부끼면서 느낄 외로움이 전해졌다. 환자복으로 갈아입었다. 바짝 마른 면직물의 감촉이 싫지 않았다. 병원에 실려 왔을 때 입었던 '일상복'은 당분간 '압수'다. 여기를 나갈 때야 돌려받을 수 있다. 언제 다시 보게 될지 몰라 섭섭한 마음으로 마지못해 옷가지를 제출했다.

자리를 정돈한 다음 데스크로 가서 '뇌파검사지'를 달라고 부탁했다. 정신과에선 누군가의 뇌 활동을 측정한 뇌파검사지가 폐지로 버려진다. 가로로 죽죽 그려진 뇌파는 해독 불가능해 의미가 없었으나 종이는 얇으면서도 만지면 쫄깃한 느낌이 들었고 연필, 볼펜 어느 것으로 쓰든 필기감이 좋았다. 첫 입원 때도 나는 이 종이들을 스테이플러로 묶어서 얇은 책자처럼 만들고 책에서 읽은 내용, 병원 사람들과 나눈 이야기, 그날그날의 느낌과 생각을 적었다. '수제 다이어리' 한 권을 다 쓰고 나면 퇴원할 수 있을 거라는 막연한 생각에 이끌려 열심히 뭔가를 적곤 했다. 이제, 다시 뇌파검사지 일기장을 만들게 되고 말았다. 나는 이 두 번째 일기장 맨 앞에 '죽음의 수용소'라고 썼다. 잠시 고민하다 제목 옆에 'I'을 붙였다. 그리고 부제를 적었다.

'영원히 계속될 듯한….'

영원히

계속될 듯한

　자유로운 세상으로 날아가고 싶은 내게 정신과 폐쇄병동은 아우슈비츠 수용소처럼 느껴졌다. 제2차 세계대전 당시 아우슈비츠 수용소에서 3년을 보내고 《죽음의 수용소에서》를 썼던 유대인 심리학자 빅터 프랭클 역시 수용소에 갇힌 이들을 정신질환자와 비교하기도 했다.

　"이 세상에서 인간에게 조금도 자유를 남겨두지 않는 것만큼 인간을 제약하는 것이 있다고 상상할 수 없을 것이다. 따라서 한정된 것이라고 볼 수 있는 자유의 잔재나마 신경질환에 걸리거나, 심지어 정신병에 걸린 사람에게도 남겨진다. 솔직히 말해서 환자의 개성 가장 깊숙한 곳에 자리 잡은 핵은 정신병도 다치게 하지 않는다."

《죽음의 수용소에서》의 영어 제목은 'Man's Searching for Meaning'이다. 제목처럼 그가 집요하게 관찰하고 발견한 것은 인간은 삶의 의미를 어떻게 찾을 수 있는가 하는 점이었다. 인간성이 파괴되는 수용소라는 제한된 좁은 공간에서 보이는 사람들의 행태, 그들 사이의 권력 관계, 그런데도 보람과 의미를 찾는 숭고한 시도를 언급하면서 프랭클은 말한다.

"인간은 궁극적으로 자기결정적이다."

아무리 자유를 완전히 박탈당한 순간이라도 인간에겐 누구도 빼앗을 수 없는 고유한 실존적 자유가 있기에 죽음의 마지막 순간에도 자신이 어떤 행동을 취할지 결정할 수 있다는 의미였다.

당시엔 나 스스로 정신질환을 앓고 있다는 사실을 추호도 인정하지 않았다. 백번 양보해서 의사와 가족들의 판단대로 정신병에 걸렸다고 치더라도 내 정신의 핵은 무너지지 않았다고 믿고 싶었다. 자유가 구속되는 처지에 놓여 치료를 받아야 할 존재로 전락했더라도 나는 여전히 인간으로서 존엄함을 잃지 않았으며, 한 줌도 안 되더라도 내 삶을 결정할 수 있는 자유가 있다고 주장하고 싶었다.

그랬던 만큼 병원에서 뇌파검사지에 일기를 쓴다는 것은 의미가 각별했다. 의료진이 폐쇄병동에서 아무리 자유를 제한한다고 하더라도 일기 쓰기를 통해 '아무도 빼앗아갈 수 없는 내 고유의 정신적 핵'을 지키고 싶었다. 나치가 아우슈비츠 수용소에서 유대인의 자유를 박탈하고 인간성을 말살하려고 했지만 프랭클이 관찰과 분석을 통해 인간 최후의 존엄성을 통찰한 것처럼 말이다.

나는 질주하고 있었다. 비록 아무도 빼앗아갈 수 없는 정신적 핵은 유지하고 있더라도 그 속도가 엄청나 스스로 다른 사람처럼 느낄 정도였다. 생각이, 감정이, 에너지가 쉼 없이 넘쳐흘렀다. 그 이전엔 베개에 머리만 대면 잠들었건만 그 시기엔 잠이 중요하게 느껴지지 않았다. 아니, 잠잘 시간이 없었다. 생각이 꼬리에 꼬리를 물며 멈추지 않았다. 생각은 마치 공중에 별을 흩뿌려놓은 것처럼 번쩍 나타났다가 또 다른 생각을 낳고 떠나갔다. 생각이 명멸을 반복하며 잠들지 못하게 했다. 어떤 생각은 채도 높은 선명한 이미지로 다가와 뿌리칠 수 없었다.

처음엔 행복했다. 탁월한 아이디어들이었다. 흘러가는 독창적인 생각을 놓칠까 봐 빠짐없이 기록하거나, 이를 실현할 계획을 세우기 시작했다. 화산 폭발처럼 내 안에 잠자고 있던 탁월한 능력이 분출되기 시작한 게 아닐까 싶었다. 시를 읽으면 의미가 와락 덤벼들 듯 통째로 이해됐고 구절과 구절 사이 시인이 숨겨놓았을 감정이 세세히 떠올랐다. 속도가 너무 빨라 불안하면서도 황홀했다. 내 안의 블랙홀이 주변의 모든 것을 집어삼키면서 거대한 에너지가 발생해 눈부시게 빛나는 느낌, 스스로 퀘이사가 된 듯했다.

모든 걸 이해한다는 느낌, 이 황홀감은 사람들에게도 적용됐다. 오늘 벌어진 사건과 만난 사람은 필연적이라는 생각또는 망상. 억겁의 세월을 거쳐 내가 지구에서 살아가고 있고, 거기에 또 억겁의 인연이 겹쳐 누군가를 만나게 됐다는 생각또는 망상은 관계에 몰입하게 했다. 약속을 많이 잡았고, 만나면 너무 활기차게 대화했으며, 술을 많이 마셨다. 그래도 지치지 않았다. 사람과 사람 사이 거리가 어떻게 이처럼 가까우며 친밀한지 신기해하면서 술자리를 즐겼다.

여러 다양한 사안에도 관심을 쏟았다. 2001년 늦봄의 노트를 보면, 매일 신문에서 여러 기사를 잘라 스크랩을 해놨는데 인터넷이 되던 시절인데 왜 일일이 잘라서 풀로 붙였는지 이유를 모르겠다, 이탈리아 의회 의석 현황부터 박정희 기념관 건립 지연 이유, 석유 메이저 회사들의 인수합병, 쌍용건설 이사의 인터뷰, 일본 적군파 가족 귀국, 슬라보예 지젝 관련 학술기사까지 중구난방이다.

독창적인 생각과 놀라운 실천력은 긍정적인 효과를 낳기도 한다. 당시 나는 편집부로 발령받아 회사에서 온종일을 보냈다. 마포구 공덕동 회사 주변은 다가구, 다세대 주택이 밀집해 있는 가운데 아파트 재개발사업이 한창이어서 늘 어수선했고, 회사 안에서도 마땅히 쉴 곳이 없었다. 난 노조에 옥상정원 프로젝트를 제안했다. 회사 6층 노조사무실 앞 넓은 콘크리트 공간에 옥상정원을 만들자고 했다. 건물옥상녹화사업에 지급하는 지원금을 받기 위해 서울시청 등을 직접 찾아가 문의했다. 시공업체 계약도 주선했고, 공사가 시작되자 휴일에 출근해 인부들과 함께 벽돌을 쌓았다. 나무가 뿌리를 잘 내리려면 물을 충분히 줘야 한다기에 아침 일찍 출근해 호스를 들었다.

지금 생각하면 참 이상한 일이다. 그런 자발성이 어디에서 나왔는지. 그때까지만 해도 내가 좀 이상하다는 것을 가까운 사람들조차도 눈치채지 못했을지 모른다. 하지만 나는 그때 이미 조증에 들어서 있었다.

조증의 시간은 따로 간다

영화 〈인터스텔라〉에서 황폐해진 지구를 대신할 행성을 찾기 위해 우주선 '인듀어런스호'를 타고 떠난 주인공들이 처음 도착한 곳은 밀러 행성이었다. 블랙홀을 공전하는 밀러 행성은 중력이 강해서 엄청난 규모의 조수 현상이 발생했다. 그보다 더 위험한 것은 강한 중력으로 시간이 왜곡돼 밀러 행성의 1시간이 지구의 7년과 맞먹는다는 점이었다. 밀러 행성에서 머무는 시간이 길어질수록 지구에 남겨진 사랑하는 사람들과 다시 만날 가능성은 낮아진다.

조증mania의 사전적 의미는 '조급하게 구는 성질이나 버릇'

'기분의 고양, 의욕의 항진 따위의 상태를 특징으로 하는 정신 장애'이다. 의학적 관점에서 여러 번의 조증을 겪은 내게 그 경험을 묻는다면 '조증 환자의 시간은 따로 간다'고 답할 것 같다.

조증기에 진입하자 아무리 바쁘게 움직여도 시간이 가지 않았다. 사람들과 얘기하고, 일하고, 계단을 바삐 오르내리다 30분쯤 지나지 않았을까 하며 시계를 들여다보면 10분 정도 지나 있었다. 마치 밀러 행성과 지구의 시간이 다른 것처럼 'mania 행성'의 시간은 달랐다. 신경전달물질의 과잉행동이 일으킨 변화였을까? 다른 사람에 비해 빠른 속도로 느끼고 생각하고 움직였다. 점차 말이 빨라지고 논리가 도약했다. 나를 제외한 모든 세상 사람이 답답하고 느리게 여겨졌다. 열정적 몰입만큼 과도하게 사람들에게 실망했고 비난을 서슴지 않았다.

사람들은 내가 왜 저렇게 조급하고 정신없이 밀어붙이는지 이해하지 못했다. 지나친 쾌활함과 과도한 의욕은 황당한 아이디어, 제어할 수 없는 분노, 도를 넘는 집착으로 돌변했다. 지인들은 나의 변화무쌍함에 당혹해했고, 가족은 도무지 이해할 수 없는 변덕과 분노에 우려를 표했다. 황홀감에 불안이 얼룩처럼 찍혔던 조증의 초반부는 두 달이 안 돼 파국으로 치달았다. 몸이 아팠다. 열이 나고 오한이 일어 견딜 수 없었다. 6월이 다가

오는데도 두꺼운 점퍼를 꺼내 입었다.

인터넷을 검색해보고 현재 증상과 일치하는 병명을 스스로 찾아냈다. 말라리아. 나름의 근거가 있긴 했다. 말라리아에 걸리면 땀을 많이 흘린 뒤 열이 내려갔다가 다시 열이 오르는 오한-고열-발한이 반복된다고 했다. 내가 겪는 발열, 오한의 증상과 비슷했다. 또 당시 비무장지대 인근, 강원도 북쪽 지역에서 말라리아 환자가 여러 명 발생했다는 뉴스가 나왔다. 어쩌면 얼마 전 강원도 홍천에서 물린 모기와 관련이 있지 않을까 생각했다.

내심 말라리아가 '학질'로 불렸다는 점도 마음에 들었다. '학질=學疾.' 배움과 열병이 관련 있다니. 이것은 '공부를 열심히 하다가 병이 난 내게 딱 맞는 병'이라는 해괴한 논리에 빠져들었다. 실제로 학질의 한자는 '瘧疾'로 공부와는 전혀 관련이 없다. 사전을 다시 찾아보라는 다른 이들의 조언을 무시했다. 몸이 아프기 시작한 지 사흘째쯤 병원에 가서 혈액검사를 받았다. 검사 결과 말라리아 항체 음성 반응이 나왔다. 의사도 말라리아가 아니라고 장담했지만, 나는 '學疾論'을 굽히지 않았다. 쏟아지는 생각과 합리적이지 않은 유추는 억측, 고집, 망상으로 최고조에 이르렀다.

2001년 7월이 끝나기 며칠 전이었다. 점심 약속을 잡았다. 그 전날에도 여러 사람을 모아놓고 내밀한 얘기를 마구 늘어놓았고 술을 마셨다. 며칠째 거의 잠을 못 잔 상태였다. 식당에 가서 일련의 일을 얘기하는데 머리가 빙글빙글 돌아가기 시작했다. 말을 제대로 잇지 못하자 상대방이 집으로 데려다주겠다며 택시를 태웠다. 견딜 수 없었다. 멀미가 아닐까 싶어 차를 세웠지만 더 심해졌다. 그동안 겪었던 일들, 생각, 느낌, 감각 그 모든 것이 너무나 빠른 속도로 휘몰아쳤다. 토네이도처럼 밀려와 나를 한가운데로 밀어넣었다. 숨이 가빴다. 생각들에 치여 숨을 쉴 수 없었다. 이렇게 생각들에 휩쓸려 죽는구나. 몸이 붕 떠오르더니 곧 전신에 불이 붙는 느낌이 들었다. 입안까지 온통 검게 타버렸다고 생각했다. 이제 죽는구나, 이게 숨이 막혀 죽는 거구나, 하는 순간 암전이 됐다. 정신을 잃고 쓰러졌다. 머리 위에선 하얀 깃발이 나부꼈다.

　　조증에 항복하고 만 것이다.

하얀 어둠, 검은 우울

제 2 부

덮쳐오다

    길거리에서 쓰러졌던 2001년 여름엔 미처 몰랐다. 몇 달 뒤 병은 서서히 전모를 드러냈다. 폭주하듯 고동치던 7월의 심장은 그해 가을 낙엽이 질 때쯤 되자 생명 유지에 필요한 만큼 최소한의 펌프질만 하는 듯했다. 한없이 고양되던 기분은 끝을 모르고 가라앉았다.

    2018년 겨울, 네팔로 히말라야 트레킹을 떠난 적이 있다. 목표 지점이었던 4130m 안나푸르나 베이스캠프에 다녀오는 내내 7000~8000m의 고봉은 흰 이마를 드러낸 채 깃발처럼 우뚝 서 나를 지켜보았다. 인도판과 아시아판이 부닥치며 생겨난 거대한 대륙의 주름. 산소가 희박한, 아득한 곳, 동경과 함께 밀려드는 오싹함. 조증의 고도가 그러하다. 그 히말라야산맥을 뒤집어 바다 밑에 처박는다고 상상해보자. 가장 높은 봉우리는 가장 깊은 해구로 변할 것이다. 감정의 심해. 울증의 심도가 그러하다. 극과 극을 오간다는 특징 때문에 조울병엔 양극성정동장애Bipolar Disorder라는 이름이 붙었다.

조증의 봉우리가 높으면 울증의 골도 깊다. 격렬한 조증은 그만큼 깊고 짙은 우울을 드리운다. 조증과 울증은 서로를 질투하며 복수극을 펼친다. 조증을 내버려두면 뒤이어 찾아온 울증이 더욱 집요하게 공격한다. 조증을 그리워할수록 울증은 떠나지 않는다. 당시 내 몸은 조울의 전투장이었다.

발병할 때의 증상은 극단적으로 대조적이지만 조증과 울증은 '나의 얼굴'을 한 '나와 다른 힘'으로 다가온다는 데서 공통점이 있다. 나는 덫에 걸려들고, 그 힘은 나를 덮친다. 그 힘에 이끌려 솟구치기도 하고, 어둠 속으로 빨려 들어가기도 한다.

조울병에 이끌려 에베레스트부터 마리아나 해구까지 다녀온 사람들이 수없이 많기에 이에 대한 묘사도 많다. 인생 상당 부분을 재정난과 조울병에 시달리다 끝내 자살한 영국의 화가 벤자민 헤이든은 "내 두 겨드랑이와 영혼에 팽팽한 고무풍선이 달린 것 같다"고 했고, 영국의 작가 제이 그리피스는 자신의 경험을 담은 《조울증과 함께 보낸 일 년》에서 "전등 스위치를 끄고 켜기를 반복하듯 추락하고 비상하며 추락하는 모순적인 광기에 빠져 토끼굴로 빠져들었다"고 했다. 정신과 교수이자 조울병 환자인 케이 레드필드 재미슨은 조증의 황홀한 기분을 이런 낭만적 문장으로 묘사한다. "기분이 들뜬 상태에서는 발밑에 별을 깔고 손에는 토성의 고리를 잡고 있었다."

　　우울로 고통받았던 사람들의 절규 또한 넘쳐난다. 막막함, 억눌림, 무력감을 호소한다. 조울병을 앓았던 반 고흐는 동생 테오에게 보낸 편지에서 우울의 끔찍함을 이렇게 표현한다. "그림을 매일 반복해서 그리지만 어떤 때는 그림을 지우개로 지우듯이 잊어버리고 싶을 때가 있어. 그러지 않으면 그림들이 나를 사로잡아서 짓누르고 말거든." 《빨강머리 앤》을 쓴 캐나다의 작가 루시 모드 몽고메리는 우울증을 주기적으로 앓다가 스스로 목숨을 끊은 것으로 알려져 있다. 그의 일기 마지막 페이지를 읽어보면, 어떻게 그토록 귀여운 역대급 발랄 캐릭터를 만들어낸 사람의 내면이 이토록 황폐해졌는지 놀랍다. "나는 주문에 걸린 것처럼 미쳐가고 있다. 그 주문을 깨기 위해 무엇을 해야 할지 아무것도 생각나지 않는다. 신이 나를 용서하기를,

비록 나를 이해하지는 못하더라도 다른 사람들도 나를 용서해주길 바란다. 나는 도저히 버틸 수 없을 만큼 힘든데 아무도 그 사실을 모른다. 실수도 많았지만 최선을 다해 살아온 삶을 이렇게 끝내야 한다니."

고흐는 생 폴 정신병원에 입원해서 발작을 겪으면서도 그림을 300점 넘게 그렸고, 몽고메리 역시 꾸준히 일기를 쓰고 새 소설을 구상하며 고통을 잊으려고 했다. 그들 모두 자신을 무너뜨리려고 하는 거대한 힘에 맞서 맹렬히 싸웠으나 결국 백기를 들었다. 이들에게 남은 최후의 선택은 이 혹독한 질병 앞에서 죽을 것인가, 죽지 않을 것인가 두 가지뿐이었을 것이다.

정신질환으로 고통받았던 사람들, 특히 그로 인해 생을 저버린 사람들의 글을 읽을 때마다 마음이 저릿저릿하다. 이들이 좀 더 적절한 치료와 도움을 받았더라면 죽지 않았을 텐데, 라는 안타까움에 앞서 격정 뒤에 찾아오는 무력감, 어둠이 몰고 오는 불안과 공포, 고통이 끝나지 않을 거라는 좌절 같은 감정이 생생히 전해지기 때문이다. 처음 조증에 제대로 펀치를 맞은 20대의 나로선 조울병의 정체를 알 수 없었고, 따라서 조울병과 맞붙는 링에 오르게 됐다는 의미 또한 짐작할 수 없었다.

잠들지 못하는   봄

모든 조울병이 일상의 삶을 깡그리 망치거나 목숨을 잃을 정도로 위험한 것은 아니다. 조증도 일상생활이 불가능하고 입원이 필요할 정도로 심각한 조증이 있고, 평소보다 기분이 들뜨는 경조증이 있다. 또 조증과 우울증이 번갈아 가며 발병하는 제1형 양극성장애, 경조증과 우울증이 반복되는 제2형 양극성장애 등 발병 패턴과 양상, 정도가 다르다. 증상과 정도의 차이는 있지만, 보편적으로 조울병이 가장 직접적으로 영향을 끼치는 것은 잠이다. 정신과 의사들이 환자의 상태를 판단하기 위해 가장 먼저 물어보는 질문도 예전처럼 잠을 자냐는 거다.

핀란드 동화 작가 토베 얀손의 연작소설 《마법사가 잃어버린 모자》에는 무민 가족이 겨울잠을 청하는 장면이 나온다. 눈이 내리기 직전의 11월, 전나무 잎으로 마지막 식사를 하고 무민네는 자리에 눕는다. "우리는 시간을 너무 낭비하는 것 같아"라고 무민이 말하자, 절친 스너프킨은 말한다. "아니야, 우린 멋진 꿈을 꿀 거야. 그렇게 꿈을 꾸다가 잠이 깨면 봄이잖아." 정작 무민은 스너프킨의 말이 끝나기도 전에 잠이 들어버린다.

나도 그전엔 무민과 비슷했다. 잠자리에 드는 시간이 들쭉날쭉하거나 늦잠을 자는 날도 많았지만 일단 자려고 들면 바로 잠에 빠져들었다. 2001년 봄 4월 초부터 수면 패턴이 변하기 시작했다. "탄산음료 속의 물방울처럼" 생각이 솟구치자 잠을 이루기 힘들었다. 잠들었다가도 한두 시간 지나면 깨어났다. 늦게 자고 일찍 일어나고, 수면 시간이 부족하니 피곤한 게 당연했다. 그런데도 별로 피곤을 느끼지 못했다. 하루 두세 시간만 자도 말똥말똥 각성이 유지됐다. 오히려 더 정신이 맑아진 것 같았다. 감각도 섬세해졌다. 손에 닿는 것들의 질감이 손가락 지문에 와서 읽히는 듯 촉각이 살아났고, 안경 도수를 상향 조정한 것처럼 사물이 더 또렷하게 느껴졌다실제로 시력이 좋아졌을 것 같진 않다. 냄새에 무척 예민해져서 향기 나는 것에 집착했다. 길

가다가 향초, 꽃, 비누 같은 것을 발견하면 왕창 사들이곤 했다.

　　그해 봄, 중요한 사건이 있었다. 대학 시절부터 사귀었던 남자 친구와 완전히 헤어졌고, 그를 대신할 수 있다고 생각했던 사람과의 짧고 강렬한 연애는 깊은 실망을 남기고 끝났다. 20대 절반을 함께했던 친구를 등 떠밀어 보낸 죄책감과 새로운 사랑의 설렘과 짜릿함, 곧 이어진 깊은 후회가 겨울부터 그해 봄이 오기까지 석 달 동안 온통 뒤범벅돼 있었다. 새 남자 친구와 길을 걸어가면서 행복해하다가, 문득 그 길이 옛 남자 친구와 손잡고 가던 곳이었음을 떠올리곤 주저앉아 우는 식이었다. 한마디로, 사랑을 정리하는 법을 모른 채 사랑을 탐하다 버리고 버림받은 미숙한 젊음이었다.

　　사랑하는 사람과의 이별, 아니 한때 사랑했던 사람과의 이별은 엄청난 스트레스를 일으킨다. 슬픔은 슬픔대로 받아들이고 실패는 실패대로 인정하고 힘들면 주저앉고 잘 안 풀리면 접는 것이 순리였을 것이다. 그런데 과오를 인정하기 싫었던 나는 에너지를 쥐어짜내며 만회하고자 했다. 술자리를 만들었고 술을 퍼부었다. 주어진 업무뿐 아니라 새로운 일을 부지런히 구상했다. 짧은 시간 동안 벌어진 잇따른 이별의 혼란과 슬픔, 자책과 후회를 반전시키기 위해 고군분투하던 무렵, 개나리꽃과 함께 노란색 조증도 찾아왔다.

'달빛에 옥수수가 익는다'는 아메리카 인디언의 지혜처럼 분별심을 가질 때까지 스스로에게 시간을 줬더라면, 다른 사람과의 만남과 술자리를 줄였더라면, 잠을 충분히 잤더라면 연애의 실패가 그토록 큰 감정의 소용돌이로 일파만파 번져가진 않았을지 모른다. 그때는 정직하게 슬퍼하는 법을 몰랐다.

우울증과 관련해 탁월한 저작으로 꼽히는 《한낮의 우울》의 저자 앤드루 솔로몬은 사랑하는 이의 죽음, 이혼, 해고 같은 '생활 사건'이 우울증의 계기가 된다고 썼다. 불안정한 상황일수록 기분 변동이 심하고 우울증의 상승 나선 구조에 휘감길 가능성이 높아지며, 조증 역시 충격이 심한 생활 사건으로 인해 터져 나올 확률이 높아진다는 뜻이다. 그렇다고 2001년 실연 그 자체가 조증의 원인이 됐다고는 생각하지 않는다. 내 안에 잠자고 있던 조증의 방아쇠를 당긴 것뿐이다. 나는 처음 조증이 발병하기까지 사람들이 겪는 감정 변화의 패턴을 몇 년 전부터 겪어오고 있었다. 이미 조울병 환자의 전형성을 갖추고 있었다.

절벽에   서
                                                    다

    정도가 심하지 않은 조증 초기, 밋밋한 일상의 감각은 입체적으로 변화한다. 예전엔 하지 못했던 사고의 연상, 지적 호기심, 창의력, 추진력이 샘솟아 자신의 능력이 한층 고양됐다고 생각한다 그러나 사실은 논리적이고 치밀함이 필요한 일이나 산술적 계산 같은 것은 나아지지 않았다. 민첩한 행동, 가벼워진 몸, 신속하고도 독특한 사고를 한다고 생각하며 자신을 매력적이라고 느낀다. 이 마법의 궤도에 오르면 도중에 하차하기가 쉽지 않다. 특히 처음 조증을 앓았던 2001년 봄엔 병에 대한 인식, 병식病識이 없었기 때문에 조증의 롤러코스터에 기꺼이 올라탔다. 생전 느껴보지 못했던 자신감에 홀려 한 번, 두 번 계속 궤도를 돈다. 속도는 점점 빨라진다. 당시 다른 사람들에게 피해를 주지 않으면서 온전히 조증을 누린 최고의 순간은 3~4주 정도였던 것 같다.

앞서 말했듯 나는 사옥의 옥상 빈터에 화단 만드는 일을 주도했다. 조증의 추진력에 힘입어 화단 작업은 한 달 동안 기획부터 공사까지 완전히 끝냈다. "쟤는 참 추진력과 집중력이 있구나"라는 게 주변의 반응이었다 옥상정원 프로젝트를 추진한 공로로 사내 포상 명단에 올랐음은 아주 나중에야 알게 됐다. 정원 완공을 축하하기 위해 열렸던 노동조합 파티도 기억난다. 그동안 내게 믿을 만한 후배로 인정하지 않는다는 눈빛을 보냈던 한 선배조차 "정말 멋진 일을 해냈다"고 치하했다. 인정을 받은 날, 주목을 받은 날, 황홀한 날이었다.

이 무렵부터 뭔가 눈치를 채기 시작한 선배도 있었다. 당시 나는 한밤중에도, 새벽에도 사무실에 갔다. '왜 집에 안 가고 회사에 있을까?' 밤을 하얗게 새며 마감을 하던 선배는 나의 이유 없는 출근에 의아해했다. '왜 저렇게 분주할까?' 조증의 시간에 몸을 맡겼던 터라 시간은 너무나 천천히 흘렀다. 지구의 자전 속도가 느려진 게 아닐까 하고 선배에게 진지하게 물었던 게 기억난다. '왜 저렇게 말이 빨라지고 고집이 세졌을까?' 웬만하면 선배 말을 고분고분 듣던 모습이 사라지고 자기 의견을 다 다다다 밝히는 모습에 당황스러워했다.

얼마 후 나는 병원에 입원하게 되었고 가족은 심한 충격에 빠졌다. 회사를 그만두게 해야겠다는 부모님에게 선배는 "힘든 상태라 잠깐 쉬어야 할 뿐이다. 너무 젊은데 일을 중단하는 건 맞지 않다"며 설득했다. 그 선배가 바로 지금은 세상에 안 계신 구본준 기자다. 그의 세심한 관찰이 놀랍고 따뜻한 배려가 그립다. 고인의 영면을 빈다.

일상에 매력과 효율성을 높여줬던 조증은 점차 본색을 드러냈다. 조증이 치명적인 까닭은 이때 망가진 주변 사람들과의 관계가 제정신이 든 뒤에도 복구되기 쉽지 않다는 데 있다. 조증의 주요 특이점 중엔 '타인과의 거리'를 제대로 재지 못한다는 게 있다. 나와 타인을 구분 짓는 경계를 마구 무너뜨리고 함부로 침범해버린다. 상대방이 받아들일 준비가 안 된 상황에서 내밀한 이야기를 늘어놓는다. 현재의 황홀경에 홀딱 빠져 있는 조증 환자에게 '지금' '여기'는 특별한 의미를 지닌다. 지금 여기에서 내가 만나는 사람을 매우 특별한 존재로 생각한다. 아주 잠깐 만났을 뿐인데도 홀딱 반하기도 한다. 나를 타인으로부터 지켜주던 거리는 해체되고 정돈되지 않은 관계가 남는다. 나

홀로 기대하고 나 홀로 바라고 나 홀로 사랑하고, 그래서 나 홀로 분노하는 상황이 벌어진다.

5월에 접어들면서 통제력을 잃어가기 시작했다. 정리정돈을 잘하지 않는다고 동생에게 심하게 화를 내며 집에서 쫓아냈다. 집안일을 놓고 티격태격한 적은 있었지만 이렇게 거센 분노는 처음이었다. 언니의 난폭한 추방 명령을 받은 동생은 울면서 고향의 부모님 댁으로 가야 했다. 감정의 풍부함을 넘어 진폭이 극단적으로 커졌다. 어떤 슬픈 생각에 갑자기 꽂히면 시도 때도 없이 눈물을 흘렸다. 분노를 삭이지 못해서도 울고 억울해서도 울고 고마워서도 울고 기뻐서도 울고….

연상과 비약으로 듬성듬성 발판이 빠진 감정의 사다리는 위태로웠다. 당시 일기를 보면 병리적인 연상의 전개 과정을 살펴볼 수 있다.

"길을 걷다 벤자민을 발견했다. 벤자민은 꺾꽂이가 가능할까? 꺾어서 집에 돌아와 물병에 옮겨둔다. 이제 수경재배 실험을 시작했으니, 생물에 관한 책을 읽고 싶어진다. 《파브르 식물기》를 꺼내 든다. 마음에 닿는 말을 노트에 적는다. '봄에 막 움트려 하는 식물의 눈을 관찰해보라. 나중에 여행 가방을 챙길 때 많은 도움이 될 것이다.'" 본래 이 문장은 파브르가 계절에 따른 눈과 잎의 변화를 설명하면서 겨울눈을 싸고 있는 단단한 비늘 조각인 아린芽鱗을 겨울 외투에 빗대 표현한 것이다. 이 문장을 적으며 여행을 가고 싶다는 생각을 한다.

"누구랑 어디로 갈까? 바다로 갈까? 벤자민을 닮은 사람과 벤자민과 함께 가면 좋겠다."

그러면서 나는 노트 한편에 식물 벤자민Benjamin과 이름이 같은 미국의 철학자이자 정치인인 벤자민 프랭클린Benjamin Franklin을 떠올린다. 그 뒤엔 독일의 유대계 문학평론가인 발터 벤야민Walter Benjamin을 이어본다. 그 뒤엔 발터Walter를 영어 워터Water로 바꾸고 벤야민은 벤Ben으로 변형시켜 Water Ben을 적는다. 물은 결국 바다Sea가 되고 벤은 발음이 비슷한 방Bang이 되어 '씨방'으로 이어진다. 씨방의 뒤엔 seed가 적혀 있다. 나는 이런 과정을 거쳐 결국엔 키 크고 잎 무성한 벤자민도 하나의 씨앗에서 출발했음을 깨달았다고 생각한다.

"아, 벤자민은 결국 씨앗이었어. 그러면 나의 씨앗이란 무엇일까? 내가 사랑했던 사람들, 그 사람들이 나의 씨앗 아닐까? 그들이 나를 저 벤자민처럼 키워낸 거야⋯."

이내 눈물이 터져 나온다. 울면서 내가 사랑했지만 이 세상에 없어 더는 볼 수 없는 사람들을 생각한다. 그들과 함께 다시는 여행 가방을 챙길 수 없을 거야. 더욱 서럽게 운다. 물병에 꽂아놓은 벤자민 한 줄기로 인해 나는 그날 밤을 눈물로 지새운다.

이처럼 괴이한 이유로 울면서도 우는 게 타당하다고 생각했다. 나는 벤자민에서, 벤자민 프랭클린, 발터 벤야민, 워터 벤, 씨방을 거쳐 시드까지 왔어. 그러다 보니 나의 씨앗, 근본에 대해 슬픔에 잠긴 거야. 내가 우는 게 왜 이상하지? 벤자민에서 출발해 여기까지 얼마나 힘들게 왔는데!

이런 생각의 고리를 누가 이해하겠는가? 요동치는 감정은 이에 대한 합리화, 방어의식을 거쳐 망상으로까지 나아갔다. 망상의 문턱에 들어서는 순간, 그것은 제정신이 아닌 와중에도 몹시 아찔한 일이었다. 여기서 한 발 더 내디뎌 낭떠러지로 떨어진다면 그것은 온전한 광기의 세계라는 걸 막연하나마 짐작할 수 있었다.

지금 생각해도 섬뜩하다. 어느 날 밤 나는 잠을 이루지 못하고 새벽까지 깨어 있었다. 시원한 음료수가 마시고 싶었다. 집 앞에 나가 쭈그려 앉았다. 이른 아침 요구르트 배달원이 나타났다. 요구르트를 하나 달라고 했더니, 그는 나를 쓱 쳐다보고는 "팔 건 없다"라면서 휙 가버렸다. 기분이 몹시 상해 집에 들어섰다. 현관 옆 거울을 봤는데 낯선 여자가 서 있었다. 눈이 퀭하고 볼이 움푹 들어간 기괴한 몰골. 공포에 질려 나 아닌 나를 향해 소리를 질렀다.

거울 앞에서 낯선 이를 발견한 지 일주일쯤 흘렀다. 불 꺼진 방에 누워 있었다. 창문으로 희미한 빛이 흘러들었다. 누군가가 창문 앞에 서 있었다. 아는 사람 같았다. 어떻게 이 밤에 여길 들어온 걸까? 이름을 불렀다. 곁에 있던 동생이 둘둘 말아 세워놓은 카펫이라고 말해줬지만 믿지 않았다. 나는 나를 걱정하는 누군가가 찾아왔음이 분명하다고 생각하며, 이름을 반복해 불렀다. 그러나 그는 대답이 없었다. 안타까웠다. 동생은 나를 다독였다.

"저건 카펫이야, 언니…."

난 환자일지도

모른다

조증은 자신에 대한 몰입이자 스스로에 대한 황홀인 동시에 타인과 관계 맺음에 대한 몰입, 감정 투사의 남발이다. 평소 쇼핑 품새가 크지 않았던 탓인지 도를 넘는 소비는 별로 없었지만 예전보다 지갑을 즉흥적으로 열거나 선물을 많이 했다. 조증을 방치할 경우 신경계에도 악영향을 끼칠 뿐 아니라 발병 시기에 훼손된 사회적 관계, 과소비, 무리한 사업 확장으로 인한 파산 등으로 생활에 어려움을 겪게 된다. 조증 이후 찾아오는 우울이 더 깊어지고, 이후 찾아오는 조증의 봉우리가 더 높아지는 악순환이 반복된다.

의사들이 조증 환자들을 사회에서 격리하는 것, 즉 폐쇄병동 입원을 결정하는 것은 이런 이유다. 그러나 환자에게 '갇혀 있음'이란 추방을 의미한다. 그토록 갈망하는 인간관계의 고리에서 강제로 끊겨 세상의 경계 밖으로 내쳐지는 일이다. 언제, 어떤 모습으로 일상으로 복귀할 수 있는지 알 수 없는 불확실함 속에 놓이는 것이다. 사회적 낙인에 대한 공포도 있다. 가족들은 환자의 정신병원 입원을 선뜻 받아들이기 어려워한다.

　격렬한 조증의 시기, 등 뒤에서 철문이 쿵 닫혔을 때를 기억한다. 믿을 수 없었고, 부당하다고 생각했다. 저항했다. 내보내달라고 애원하는 것을 넘어 침대에 올라가 의사한테 고함쳤다. "왜 내가 여기 있어야 하는지 설명해 달라." "나는 지금 나가서 할 일이 있다." "지금 당장 내보내달라." 의사는 여러 번 증상과 병명을 설명했지만 귀에 들어올 리 없었다. 내가 사납게 날뛸수록 그건 병증의 심각함을 의미할 뿐이었다.
　어쩌면 주치의는 인턴들에게 내 행동이 의학 교과서에서 설명하는 조증의 전형적인 증상임을 설명했을지도 모른다. 화를 낼수록 나만 불리하다는 것을 짐작하면서도 분노가 치솟았다. 난폭할 정도로 감정을 고조시키자 몸도 아팠다. 열이 나고 두드러기 같은 게 온몸에 번졌다. 내과 의사가 병동에 와서 진료했다. 정신과 의사들을 불신했던 나는, 내과 의사에게 "정신과 의사들보다 물리적 고통에 더 민감할 테니 내가 마음이 아니라 단지 몸이 아픈 것임을 알아달라"고 했다. 계속 말라리아에 대한 확신을 놓지 않았던 나는 재검사를 요구했다. 결과는 당연히 음성이었다.

입원 초기엔 더욱 잠을 자지 못하고 새벽녘 기운이 병원 창문에 와 닿을 때까지 병실과 복도를 서성거렸다. 뇌파검사지에 기록도 계속했다.

"잠이 안 올 수도 있다는 생각이 들어 침대를 두 개 붙였다이 때는 병실이 만석이 아니었다. 이불이 더러워 얼굴 피부에 나쁠 수도 있겠다 싶어 새 시트를 이불 안에 넣었다. 이제 눈을 감아본다. 그래도 잠이 오지 않는다. 나가서 전화를 건다. 전화를 받은 친구는 진짜 내가 '정신이상'이라도 있다는 듯한 눈치다. 아빠, 엄마가 그렇게 말씀하셨나 보다. 그동안 날카로웠다는 건 알겠다. 하지만 그게 정신병원에 갇힐 이유는 안 된다. 부모는 이제 나의 과거일 뿐이다."

"방안병실 정리를 새로 했다. 내 기분 내키는 대로가 아니다. 사물의 질서에 따라서 했다. 더러우면 빨고, 헹구고, 널고….

그런데 또 이상한 냄새가 난다. 곰팡이다. 이곳 어딘가에 곰팡이가 자라나고 있다. 이왕이면 '우산이끼'였으면 좋겠다."

너무 병원 밖으로 나가고 싶어 퇴원하면 무엇을 할지 계획을 짜기도 했다.

- 퇴원 지시를 받는다.
- 수분영양크림을 듬뿍 바른 뒤 원피스를 입는다.
- 간호사와 친구(최○○, 곽○○, 권○○, 윤○○1, 윤○○2, 한○○, 조○○ 등)에게 이별 인사를 한다.
- 부모님과 상봉한다.
- "예상외로 힘들지는 않았으나 너무 오래 있어 지루했으며 피부가 엉망"이라고 말하며 온천에 갈 것을 제안한다.
- 대전 유성 온천으로 가서 90분 동안 따뜻한 물에 침잠해본다.
- 강경으로 가서 옥녀봉에 올라 금강을 굽어보며 박재삼 시인의 《울음이 타는 가을 강》을 읽는다.
- 옥녀봉 계단을 내려와 천천히 젓갈 시장을 둘러본다(친구 ○○ 어머니 것 등 세 통을 산다).
- 군산의 채만식 가를 방문한다.
- 광주에 들러 친구 ○○ 어머니를 뵙고 젓갈을 드린다.
- 부산에 가서 친구 김○○ 등을 만난다. 함께 다대포성당에 가서 바다를 본다.

- 경주에 가서 감포바닷가 등 '경주 10경'을 구경한다. 가능한 한○○, 권○○를 꾀어 일정을 맞춰본다.

- 서점에 들러 책을 구한다. 《은하영웅전설》, 《해변의 묘지》, 《호치민 평전》, 《건축예찬》.

- 은행에 들러 '미안해요 베트남' 캠페인에 월 2만 원을 약정한다.

- 다시 서점에 들러 세계지도 책을 사서 모잠비크 코시만(Kosi Bay)과 이탈리아 트레비소의 위치를 확인한다.

- 집 앞 가게에 가서 '타임' '던힐' '디스' 담배를 한 보루씩 산다. 자일리톨도 두 종류, 각각 열 통씩 산다.

- 다시 집에 들러 책장에서 신영복 선생의 《엽서》를 들춰본다.

- 신문사에 가서 사진기와 필름 여섯 통을 챙기고 동료들에게 문안 인사를 한다.

- 이은미 또는 이상은 콘서트를 간다.

- 친구들과(내 맘대로 커플로 맺은 남녀 세 쌍의 이름이 적혀 있다) 음반 가게에 가서 안숙선의 민요곡집, 정정렬 판소리집, 김수철의 황천길을 구입한다.

- 울산에 가서 공업지대와 울산대학을 방문한다.

- 비행기로 서울에 온다. 누구의 마중도 받지 않는다.

- 사흘간 집을 정리한다.

- 나흘에 걸쳐 집들이한다.

일기에 기록된 도시들은 내가 당시 읽었던 책과 관련한 장소다. 동선은 우왕좌왕이지만 나름대로 계획은 구체적이다. 진짜 실행에 옮기겠다고 진심으로 생각했다. 이 타임테이블의 끝은 이렇게 끝난다.

"가장 의식적인 사람이 가장 '광기적'이라는 사실을 우리는 어떻게 이해해야 할 것인가."

내가 정신병원에 온 이유. '광기는 나의 힘.'

절망에 사로잡힐수록 맹렬하게 노트에 뭔가를 적었다. 읽은 것, 기록이 필요한 것, 기억하고 싶은 것, 의심스러워 나중에 확인하고 싶은 것 등등 가능한 한 빠짐없이 적으려고 했다. 좀 차분해지자 심리검사 받은 것까지 일기에 모두 기록했다. 간이 정신 진단검사 I II, Zung's Self Rating Scale for Depression, 문장완성검사100문항, 다면적 인성검사임상심리학회 문서 승인. 담당 의사와 함께 회진을 돌던 레지던트와 인턴 이름도 적어놓았는데, 어떤 학부를 나왔는지까지 적혀 있다. 환자가 묻는다고 해서 선뜻 개인 신상 정보를 가르쳐줄 리가 없으므로, 이는 순전히 머릿속 추측이었을 거다.

석 달의 입원 기간은 매우 긴 시간이었다. 그중 마지막 열흘 정도만 빼고 조울병 환자라는 사실을 부인하며 의료진과 또 자신과 끊임없이 사투를 벌였다. 그러나 아무리 '환자'로 불리길 거부해도 가슴 한켠에선 정말 환자일지도 모른다는 불안이 도사리고 있었다. 진짜 환자임이 명백해질 경우 덮쳐올 엄청난 절망감을 회피하고 싶었던 게 아닐까.

　　"종말이 닥치기 전날이라도 사과나무를 심겠다는 스피노자는 정말 지구가 '끝'을 향해 가고 있다는, 또는 자신의 인생이 내리막길로 치닫고 있다는 생각을 했다는 느낌이 든다."

하얀 어둠이

서서히 걷히고

폐쇄병동은 두꺼운 철문 뒤에 자리 잡고 있었다. 그 철문이 열릴 때는 의료진과 직원들의 출퇴근과 회진 시간뿐이었다. 수요일마다 가족이나 지인들이 면회를 왔고, 일주일에 두어 번 정도 환자들은 입원복을 입은 채로 무리 지어 간호사나 인턴들의 인솔에 따라 산책하러 나갔다. 산책은 어느 정도 상태가 호전됐다고 판단돼 의사가 허락한 경우에만 가능했다.

영화 〈뻐꾸기 둥지 위로 날아간 새〉나 몇몇 소설에서 정신병원은 음울한 공간으로 묘사돼 있다. 병든 사람을 치료하기보다는 인간의 개성을 말살하고, 획일적인 사회규범을 거스르지 않는 인간으로 개조하는. 감옥처럼 좁고 컴컴한 방에서 삶의 의지를 잃은, 알아들을 수 없는 말을 중얼거리거나 비명을 지르거나 이상행동을 반복하는 사람들이 갇혀 있는 이미지가 먼저 떠오른다.

물론 환자의 치료에 애쓰기보다는 사회로부터의 격리를 목표로 한 수용시설도 있다. 또 내가 있었던 병원보다 훨씬 상태가 심각한 환자들이 모여 있는 곳도 있다. 그에 비교하면 이 폐쇄병동은 썩 괜찮았다. 지어진 지 오래돼 낡은 느낌은 있었지만 깔끔했고 체계적으로 운영됐다. 이성적인 사고를 할 수 없었던 당시에도 의료진이 환자 치료에 최선을 다한다는 느낌을 받았다. 공격적인 행동으로 퇴원시켜 달라며 떼를 쓰거나 입원 초기 나처럼 폭력을 행사하는 경우엔 침대에 묶어두거나 수면유도 주사를 놓기도 했지만 다른 사람에게 위해를 끼칠 만한 상태가 아니라면 자유롭게 복도와 병실을 오갈 수 있었다.

100m가량 되는 복도에 앉아서 다른 환자들과 이야기를 나누기도 했고, 한쪽엔 탁구대도 있어 끼리끼리 탁구를 치곤 했다. 치료를 위한 미술 시간, 연극 같은 환자 참여 프로그램이 있었고, 일주일에 세 번 정도 수간호사가 진행하는 '차모임'도 있었다. 병 때문에 고통스러웠던 경험, 타인들과 관계 맺음의 어려움, 궁금한 점가령 "양가감정이란 건 뭔가요?" 같은 질문들, 병원에서의 애

로사항 "환자복 바지가 너무 길어요" 등을 나눴다. 몇 달째 병실에서 지내느라 머리를 자르지 못한 환자도 꽤 많았는데, 수간호사는 순전히 자발적인 선의에서 머리카락을 잘라주기도 했다. 간호사가 환자의 어깨에 보자기를 펼쳐놓고 미용가위로 능숙하게 슥슥 가위질을 하는 모습은 정다운 기억으로 남아 있다. 식사는 맛있는 편이었고 돈을 맡겨놓은 환자들이 주문하면 병원 매점에서 간식을 배달해줬다. 나는 엄마가 만들어준 김치와 몇 가지 반찬을 공용 냉장고에 넣어두고 끼니 때마다 병실 동료들과 나눠 먹었다.

자그마한 도서대여실도 있었다. 어느 날 그곳에서 김지하 시집을 발견했다. 《불귀不歸》. 이 시집의 대표시 〈불귀〉를 노트에 정성껏 베껴 적었다.

"못 돌아가리/한번 디뎌 여기 잠들면/육신 깊이 내린 잠/저 잠의 저 하얀 방 저 밑 모를 어지러움…."

〈불귀〉는 엄혹했던 박정희 독재 정권 시기 당국의 감시를 피해 1975년 일본에서 발표된 시로, 시 전문엔 "벽 위의 붉은 피옛 비명" "굽 높은 발자국 소리 밤새워 천장 위를 거니는 곳" "뽑혀나가는 손톱의 아픔" "찢어지는 살덩이" 등의 표현이 나온다.

고문의 고통과 공포, 그럼에도 독재의 폭압을 외면하지 않겠다는 의지를 표현한 작품이라는 게 일반적인 해석이다. 그러나 병원에 갇혀 정신과 약물에 취해 정신의 생기를 잃을 것을 두려워했던 나로선 '정신질환자'라는 진단에 순응해 수면제에 취해 하얀 어둠 속에 눈을 감는다면, 예전에 속했던 정상적인 사회로 다시는 복귀할 수 없음을 예언하는 구절로 읽혔다.

격렬한 조증이 시작된 지 석 달쯤 지난 8월 말부터 조금씩 상황을 객관적으로 바라보기 시작했다. 조증이 가라앉고 있었다. 9월 초에 쓴 일기에서 처음으로 병에 대한 인식이 나타난다. 이때만 해도 여전히 조증의 기운이 남아 있었기에 낙관을 잃지 않았다. 어떤 대목엔 자긍심마저 엿보인다.

"내가 보기에, 배움이 있거나 젊거나 순종적인 사람들은 정신질환에 빨리 적응해 나갔다. 상황을 '인정'하는 능력이다. 일단 '인정'하고 나면 마음이 편해진다. 나는 8월 20일께부터 인정이 시작됐다. 그다음부턴 마음이 술술 풀렸다. 몇 달 동안 누리지 못했던 것이 많다. 그래도 괜찮다. 앞으로도 기회는 많을 것이다."

"감옥에서 20년을 산 사람도 있다. 갇혀 보지 않은 사람은 모를 것이다. 갇힌 상태에서 평상심을 유지한다는 게 얼마나 힘든 일인지. 치료진은 약물이 이제 효과를 낸다고 판단하고 있다. 그럴 수도 있다. 하지만 나는 논리적 사고의 끊임없는 전개 끝에 내게 평상심이 되돌아온 것이라고 본다. 그래서 내가 자랑스럽다."

조증도 '나'고

울증도 '나'다

숨 한 모금 마시고 바다에 뛰어들어 해산물을 채취하는 해녀에겐 철칙이 있다고 한다. 욕심내지 않는 것. 자신의 폐활량을 정확히 깨닫는 것. 그래서 나이와 상관없이 미역 따는 해녀와 전복 따는 해녀는 따로 있다. 미역만 딸 수 있는 해녀가 더 깊은 물에서 자라는 값비싼 전복을 탐내다 보면 목숨을 잃게 된다. '숨'은 냉정하다.

정신적 에너지도 이와 비슷한 게 아닐까. 태어날 때부터 폐활량이 정해져 있듯 내게 주어진 정신적 용량이 있는 것이 아닐까. 고양된 감정, 넘치는 활력, 고갈되지 않는 아이디어 같은 조증의 에너지를 계속 감당하기 버거워졌다.

9월부터 조증이 서서히 잦아들었다. 의료진도 이를 인지했다. 2001년 9월 17일의 일기엔 이렇게 적혀 있었다.

"수간호사가 내게 요즘 모습이 '원래 모습'이냐고 물었다. 원래 모습이란 무엇인가. 조증도 나고, 울증도 나다. 어느 것을 내 모습이라고 할 수 있을까. 지루한 병원생활로 지친 모습이 진정한 나일까. 이젠 아무리 난리를 피워도 오히려 퇴원을 늦출 뿐이라는 사실을 알게 되고, 체념과 체념을 거듭한 것이 나인가. 외부의 자극에 별 감흥이 없는 지금의 나인가."

"내가 가장 화나는 것은 두 가지다. 정신 차리고 보니 조증 때 했던 일들이 부끄러운 일투성이고 감정, 충동에 의한 거여서 터무니없었다는 거다. 앞으로도 또 그런 일이 벌어질까."

내가 조증에 사로잡혀있었음을 인식하게 된 결정적 계기가 있다. 의사가 건네준 케이 레드필드 재미슨의 《조울병, 나는 이렇게 극복했다》를 읽고 나서였다. 미국의 임상심리학자이며 본인이 조울병 환자였던 재미슨은 객관적인 시각과 전문성, 풍부한 감수성으로 자신의 병력을 소상히 묘사했다. 그의 경험은 나와 정말 비슷한 점이 많았다. 재미슨은 10대 후반에 약한 조울병을 겪었고 20대 후반에 본격적으로 조울병을 앓았다.

그의 기이한 행동은 완벽할 정도로 나와 흡사했다. 조증에 빠져든 그는 밤을 새우고 난 뒤에도 지치지 않고 달리기를 했으며 평소엔 관심도 없던 동물보호시위에 참여했다. 아마도 영원히 읽지 않을 책을 마구 사들이고 필요 없는 물건을 충동적으로 주문했다. 소비 스케일이 커서 파산 직전에까지 이르렀고 결국 오빠의 도움을 받아야 했다. 나 역시 조증기에 쓸데없는 물건을 계속 샀고, 그러다가도 갑자기 '이젠 나와 인연이 없어진 물건'이라면서 사람들에게 선물로 줬다. 밤마다 술자리를 전전했던 나처럼 재미슨도 매일 폭음을 일삼았다.

　　그는 넘치는 감성으로 글을 쓰기도 했다. 갑자기 채소 요리에 들어가는 양념을 마구 사들인 뒤 〈신은 채식주의자〉라는 제목의 시를 써서 냉장고에 넣어뒀다. 이런 행동은 엉뚱하긴 하지만 이해 못 할 일은 아니다. 하느님의 자비로움과 동물을 잡아먹는 행위는 어울리지 않는다. 채소 요리 양념을 구매해 냉장고에 넣어두는 행동은 신의 제단에 번제물을 바치는 것과 비슷하지 않은가.

　　나 역시 갑자기 시심詩心이 솟구쳐 시를 짓기 위한 상념을 메모했고, 폴 발레리의 시집 《해변의 묘지》를 끼고 다녔다. 평소라면 표제시 〈해변의 묘지〉의 유명한 마지막 구절 "바람이 분다. 살아야겠다" 정도만 이해할 수 있을 뿐 대부분은 별 관심이 없었는데, 조증 시기엔 그야말로 마음에 화살처럼 꽂혔다. 이 정도의 행동이야 남들에게 폐를 끼치는 반사회적 행동이라고 할 순 없으나 망상이 더 진전된다면 본인이나 타인에게 위험한 행동으로 이어졌을 것이다.

재미슨이 묘사한 조증의 절정기를 읽으면서는 전율을 느꼈다. 내가 입원 직전 길거리에서 쓰러질 때 느꼈던 공포를, 그는 정확히 서술하고 있었다. 바다가 내려다보이는 거실에 앉아 석양을 바라보다가 사방이 피바다로 변하는 환각에 빠지는 장면이었다.

"그때 나는 바다를 쳐다보았고 동시에 창문에 튄 피가 석양 속으로 녹아 들어가는 것을 보았다. 어떤 것이 피이고 어떤 것이 석양인지 구분되지 않았다. 폐가 찢어져라 비명을 질렀다. 더 이상 그 피로 얼룩진 광경, 원심분리기가 점점 더 빨리 돌아가면서 쟁그랑거리는 소리를 감내할 수가 없었다. 내 생각은 거칠게 맴돌았고 그것은 주마등같이 변했다. 내 인생, 내 마음이 완전히 절단되는 순간이었고 도무지 통제할 수 없었다."

재미슨 역시 나와 비슷한 지점, 즉 조증의 낭떠러지, 망상의 허공으로 발을 딛기 직전에 적절한 치료를 받았으며, 사랑하는 가족과 지인들의 도움을 받아 다시 세상 속에서 살아갈 수 있었다.

조울병의 패턴과 양상을 정확히 묘사한 그의 책을 읽고 나니 인정하지 않을 수 없었다. 나는 조울병 환자의 전형성을 모두 갖춘 '진짜 환자'였다. 냉정하지만 엄연한 현실을 받아들여야 했다. 조증의 고양기에 확장된 자아는 진짜 내 모습이 아니었다. 재미슨이 조증 뒤 지독한 우울을 겪은 것처럼 감당할 수 없을 만큼 폭발적으로 에너지를 소비한 대가 또한 치를 수밖에 없는 것임을 깨달았다. 가족들은 이 책을 의사에게 소개받곤 돌아가며 읽었다고 했다. 그들은 내가 겪은 일, 그리고 앞으로 전개될 상황을 짐작하고 있었다.

의사에게 재미슨의 책을 읽으며 내 병명을 명확히 알게 됐다고 말했다. 며칠 뒤 퇴원 조처가 내려졌다. 두 차례에 걸친 석 달간의 입원은 그렇게 끝났다.

검은 우울의 한가운데

집으로 돌아왔다. 당분간 내가 쓰게 될 방엔 깨끗한 침구가 깔려 있었다. 문갑 위엔 작은 질그릇 단지가 놓여 있었다. 엄마가 준비한 재떨이였다.

입원 전 나는 부모님에게 매우 광폭한 분노를 터뜨렸다. 어린 시절부터 알게 모르게 부모님에게 받았던 스트레스와 억압의 표출인 동시에 고양된 감정의 병리적 폭발이었다. 저항의 표징으로 '독립의례'라도 치르는 듯 부모님 앞에서 담배를 뻑뻑 피워댔다. 딸이 담배를 피울 거라곤 상상도 하지 못했던 부모님은 뒷목 잡고 넘어갈 듯한 모습이었다. 충격받은 표정에 후련한 쾌감을 느꼈다. 나는 입원 직후 "담배를 피우는 것을 보고 놀란 부모가 강제로 병원에 보낸 것"이라고 주장하기도 했다.

깨끗하게 닦여 방에 놓인 재떨이는 부모님이 최선을 다해 표현한 무언의 환영 메시지였다. '우리는 네 병을 이해한다. 담배는 피워도 괜찮다. 아프지만 말아라.'

정작 재떨이는 별로 사용할 일이 없었다. 조증에서 벗어나자 날마다 축제 같았던 흥분이 사라졌다. 아무 일에도 흥미를 느끼지 못했다. 담배 피우는 것도 귀찮았다. 의사는 "조증일 때는 주변 사람들이 힘들고, 울증일 때는 본인이 힘들다"고 했는데 정확한 표현이었다. 소리치고 울고 저항하던 조증 시기, 가족들은 쩔쩔맸다. 그러나 이젠 내가 무기력감에 쩔쩔맸다.

우울증 치료제 중엔 살이 찌는 부작용을 동반한 약들이 있다. 한 달 사이 체중이 6~7kg이 늘었다. 약 부작용뿐 아니라 무력감에 젖어 몸을 잘 움직이지 않은 것도 원인일 것이다. 너무 갑작스럽게 살이 찐 모습을 보고 의사는 곧 다른 약을 처방했다. 살은 불어났고 생기는 사라졌다. 아이디어가 떠오르지 않았고 말수도 적어졌다. 기억력, 연상 작용, 반응성 모두 떨어졌다. 입원 전까지만 해도 종이를 집어 들면 손가락 지문으로 종이의 질감을 느낄 수 있었고, 음악을 들으면 음표가 귀에 내려꽂혔으며, 꽃향기는 저 멀리에서도 내게 말을 걸었는데…. 뚱뚱하고 멍하며 매력 없는 여자가 돼버렸다고 생각했다. 더욱이 몇 달 전 조증 시기에 벌였던 사건 사고를 생각하면 얼굴이 화끈거려 고개를 들 수 없었다. 입원 전 엉망진창이 돼버린 사람들과의 관계를 떠올릴 때면 더는 사회생활을 하지 못할 것 같았다. 퇴원 뒤 몇몇 지인에게 연락했다. 걱정하는 쪽과 경계하는 쪽 두 편으로 반응이 갈렸다. 경계하는 이들에 대해선 마음을 접었다. 조증 이전으로 되돌리기 힘들다고 생각했다. 어쩔 수 없었다.

정기적으로 의사를 만나고 약을 꼬박꼬박 복용했기 때문에 아무 대책 없이 우울증에 빨려들진 않았다. 약을 먹는다고 바로 우울증에서 벗어날 순 없다. 그러나 옥상에서 뛰어내리는 사람을 구하기 위해 깔아놓은 매트리스처럼 부정적 생각이 끊임없이 가지를 치면서 우울의 무한지옥으로 떨어져 내리는 것은 막아준다. 가족의 보살핌 덕분에 세끼를 잘 챙겨 먹었고, 국선도 같은 스트레칭 위주의 심신 강화 운동도 규칙적으로 했다. 가족 외에도 지인들은 따뜻한 위로를 건넸다. 신문사의 같은 팀에서 일했던 윤강명 선배는 거의 매주 1박 2일 일정으로 들러 함께 시간을 보내주셨다. 어느 날 들려준 말씀이 기억난다.

"유리병에 흙탕물이 가득 들어 있다고 치자. 당장은 뿌옇고 아무것도 보이지 않지만 시간이 지나면 흙은 가라앉을 수밖에 없다. 모든 게 다 지나간다. 힘들어도 견뎌보자."

그래, 시간의 문제 맞았다. 그러나 당면한 잿빛 현실에서 허우적대는 것 또한 피할 방법이 없었다. 어마어마하게 잠을 잤다. 현실은 축축한 우울로 가득했지만, 잠만은 온전하게 머물 수 있는 나만의 공간이었다. 자다가 자다가 지칠 땐 지루한 책을 집어 들고 읽다가 다시 잠에 빠져들었다. 우습지만 당시 나의 종이 수면제는 《오사마 빈 라덴》이었다. 병원에 있을 때 21세기의 가장 중요한 사건이랄 수 있는 9·11 테러가 벌어졌다. 9월 12일 아침 검은 재로 뒤덮인 뉴욕의 사진이 실린 신문 1면을 보고 깜짝 놀랐더랬다. 테러 직후 《오사마 빈 라덴》이라는 책이 나왔는데 워낙 서둘러 발간한 탓인지 번역이 엉망이었다. 주어와 술어가 제대로 호응하지 않는 어색한 문장을 읽노라면 스르륵 잠이 들었다. 수면의 세계로 데려가는 이 친절한 안내자와 석 달 내내 함께했다. 다 읽고 나자 이른 봄이었다. 병가휴직이 끝나가고 있었다.

2002년 3월 복직했다. 8개월 만에 세상으로 다시 돌아갔다.

조증을 앓기 이전보다 훨씬 주눅 든 모습으로. 과연 신문사에서 일하며 살 수 있을지, 아니 내 손으로 계속 밥벌이를 할 수 있을지 두려웠다. 조울병은 스물여덟의 어깨에 무거운 짐을 올려놨다.

발원지를 찾아서

제 3 부

조울병,

시작은 어딜까

제국주의는 폭력으로 점철된 피의 역사를 썼다. 그럼에도 흥미를 끄는 대목이 있다. 탐험이다. 본래 그 땅에 살아온 사람들이야 익숙한 삶의 터전이거나 발을 들여놓는 게 금기시된 신비로운 공간일 테지만, 아시아와 아프리카의 오지를 눈앞에 둔 서구인에겐 반드시 확인해봐야 할 정복의 대상이었다. 당시 지도와 나침반, 박물학적 지식으로 무장한 서양인이 유럽 밖에서의 경험을 담은 탐험기는 흥미진진하게 다가온다.

탐험 중에서도 특히 궁금했던 건 19세기 중반 나일강의 발원지를 찾는 사람들의 얘기였다. 적도 고원지대에서 발원해 사막을 지나 흐르다 하구에서 몸을 불려 풍요로운 밀 경작지를 만드는 고귀한 강. 6500㎞에 이르는 그 강이 어디에서 발원하는지 어떻게 찾아냈을까? 지류가 무수히 많았을 텐데 어떤 물줄기가 가장 긴지 어떻게 알 수 있을까? 모든 지류를 끝까지 가서 확인해본 걸까? 그러려면 시간이 너무 걸리지 않나? 그래, 만약 최초의 물줄기를 찾는다고 하더라도 수량이 매우 적어 찔찔찔 흐르는 정도라면 차라리 길이는 짧더라도 수량이 많은 더 굵은 물줄기 쪽을 본류의 시작점이라고 봐야 하지 않을까?

비슷한 물음표는 나에게도 향한다. 조울병은 어디에서 시작한 걸까? 과연 발병 원인을 밝혀낼 수 있을까? 조상 대대로 내려오는 유전자 어디에 숨었다가 발현한 것일까? 양육 환경, 성장기 경험 같은 후천적 요인 때문일까? 나는 어린 시절을 생각할 때마다 최초의 나일강 물줄기를 찾으려 헤매던 사람들처럼, 셀 수 없을 만큼 많은 샛강이 흘러드는 거대한 강의 발원지를 탐사하는 심정이 된다.

정신병원에 입원했을 때 계속 떠오른 옛 기억이 두 가지 있었다. 먼저, 원초적인 행복한 장면. 열 살 정도 됐을까? 아니, 더 어렸을지도 모르겠다. 우리 집 1층과 2층 사이 계단참에 오후의 햇살이 비스듬하게 내려꽂히고 있다. 나는 배를 깔고 누워

동화책을 보고 있다. 창문에서 늦봄의 바람이 불어와 기분 좋게 귓불을 스친다. 햇볕으로 달궈진 등이 따뜻하다. 계단 바로 아래 마루에선 할머니가 빨래를 개고 계신다. 아마도 빨래에선 햇볕 냄새가 날 거다. 할머니를 힐끗 쳐다보곤 나는 다시 책으로 고개를 돌린다. 안심된다. 할머니와 나는 같은 공간에 머물러 있다. 우리는 서로를 느끼면서 조용히 각자의 일을 한다. 평화롭다. 두 번째 장면. 이제는 시간이 많이 흘렀다. 열여덟. 11월쯤인 것 같다. 고3 교실에서 자율학습을 하다 무심코 창밖을 바라본다. 잎을 떨군 은행나무들이 바람에 흔들린다. 대학에 입학할 날이 얼마 남지 않았다. 그동안의 노력이 결실을 볼 것이다. 하지만 쓸쓸하다. 앞으로 어떻게 살아갈지 막막하다. 일기장으로 쓰던 조그만 노트를 꺼낸다. '나에 대해 자신이 없다'고 쓴다.

이 두 장면은 매우 선명한 이미지로 남아 생각에 생각을 거듭하게 했다. 병원에 누워 이 두 가지 풍경을 떠올릴 때마다 베갯잇을 적시며 울었다. 첫 번째 장면은 이젠 다시 돌아갈 수 없는 완벽한 평화의 세계로 여겨졌고, 이를 영원히 잃어버렸다는 느낌에 한없이 슬퍼져 울었다. 두 번째 풍경을 생각할 때면 자기 연민에 빠졌다. 얼마나 고독했던가. 당시 나는 한국의 대학 어디든 입학할 수 있을 정도로 성적이 우수했다. 그러나 내면은 텅 비어 있었다. 더 높은 점수를 위해 '만점' 고지를 향해 내달렸음에도, 정작 어느 과에 입학해야 하는지, 앞으로 뭘 공부하고 싶은지 알지 못했다. 쉬지 않고 걸어왔는데 여기가 어딘지 알 수 없는 막막함. 지도도, 나침반도 없이 무작정 걷기만 했다. 그때의 막막한 감정이 되살아나면 스스로가 불쌍하고 안타까워서 계속 눈물이 흘렀다.

　이 기억이 과연 내 어린 시절을 대표한다고 할 수 있을까? 조울병을 앓는 시기에 이 평화와 불안의 대조되는 이미지를 떠올리며 과도하게 집착한 것은 아니었을까? 조울병이 기억을 왜곡시켜 과잉된 감정의 연료로 활용한 건 아니었을까? 어린 시절 내 진짜 모습은 어떠했을까?

　과거로 거슬러 올라가기 전, 명확히 해두고 싶은 점이 있다. 과거를 반추하는 일은 조울병을 치료하는 데 중요한 의미가 있다. 내가 어떤 사람인지를 아는 것은 병을 인식하는 데 도움이 된다. 조울병의 한복판을 지날 때 보였던 감정이 어디에서 비롯된 것인지 파악하는 데 필요하다. '나'를 재구성해봄으로써 위기에 처했을 때, 감정이 극도로 고양됐을 때 또는 밑바닥으로 가라앉을 때 어떤 반응을 보이는지 그 패턴을 발견한다면 그다음 찾아올 조울병의 폭압에 방어하는 힘을 가질 수 있다.

나는 한국 사회 특유의 학업주의와 경쟁 때문에 유년기부터 청소년 시기까지 내내 압박감을 느꼈다. 이 때문에 우울감을 느끼기도 했지만, 전체적으로는 행복한 가정환경에서 자라났다. 풍족하진 않았으나 경제적으로 안정됐고, 할머니와 부모님, 자매들 모두 나를 사랑했다. 성장에 따르는 아픔은 누구나 마찬가지다. 그 누구든 현재 시점에서 과거를 돌이켜본다면 가까운 사람들에게 받았던 상처가 떠올라 가슴이 저릿해질 것이다. 거리감을 두고 다시 살펴본다면 먼지 한 줌만도 못한 사소한 일이었지만, 조그만 가슴이 온통 찢기는 듯한 비통함에 젖어 이불자락을 눈물로 적셨던 서러웠던 순간들. 그런 기억이 없는 사람, 과연 있을까?

개인 각자의 고통을 합산해 평균 수치를 구하는 것은 불가능하겠지만, 아마도 어린 시절 내가 느낀 불행과 고통은 1970~80년대 유년기와 청소년기를 보낸 한국인 가운데 평균 이하일 것이다. 행복감으로 쳐도 '중상' 이상의 점수가 매겨질 것이 틀림없다. 나는 또래에게 따돌림받지 않았고 어른들에게 똑똑하다고 인정받는 어린이였다. 치주염이나 장염으로 몇 달 동안 고생한 적은 있지만 특별한 질병을 앓은 적도 없다. 아니, 건강했다. 그럼에도 나는 조울병을 앓았다.

조울병이 왜 발병하는가에 대해선 과학적으로 명쾌하게 밝혀지지 않았다. 뇌의 기분 조절에 문제가 생겨 발병하는 생물학적 질환이고 환경 변화나 스트레스가 방아쇠 역할을 한다고 한다. 2007년부터 나를 진료해온 주치의 선생님은 "생물학적인 취약성이 잠복해서 '기름'처럼 깔렸다가 스트레스나 어떤 사건이 불씨로 작용해서 대화재로 번지는 것과 비슷하다"고 말한다. 그렇다면 어린 시절의 좋고 나쁜 경험은 조울병에 어떤 영향을 끼치는 것일까? 선생님은 내 질문에 대해 이렇게 설명했다. "조증 환자들은 모든 감정을 생생하게 느끼면서 가까운 사람들과의 현재 경험뿐 아니라 과거에 가까운 사람들과 느꼈던 감정이 왜곡되고 증폭된다. 치료 측면으로 볼 때 조증과 어린 시절, 현재 인간관계 등은 따로따로 해결해야 할 대상으로 보는 것이 좋다. 조증으로 뜬 상태에 여러 가지 복잡한 자신의 경험이 들어가면서 그것이 각자 느끼는 조증의 내용물이 된다."

어린 시절의 경험이 조울병의 범인은 아니지만, 후일 조울병이라는 낯선 손님이 찾아왔을 때 그 놀라운 식탐을 채워주는 먹거리인 건 분명해 보인다. 조울병은 망각의 냉동고에 갇혀 있었던 일들을 불러내 놀라운 기억력으로 소생시킨 뒤 게걸스럽게 먹어치우는 병이다. 감정을 끄집어내 뼈를 다 발라 먹다시피 악착같이 후벼 파고 증폭시킨다. 조증이 점령한 머릿속에선 과거와 현재의 경험이 형광물질이라도 발라진 듯 총천연색으로 다가온다.

울증 시기엔 조증 때처럼 생생하진 않지만 과거의 기억이 물밑에서 발목을 잡아당기는 물귀신처럼 달라붙어 있다. 현재와 미래는 과거의 어두운 경험에 꽁꽁 묶여 있으며 앞으로도 이를 헤쳐 나오는 건 불가능하다고 체념한다. 조울병은 지난 일을 반짝반짝 빛나는 행복의 기억들 또는 땅 밑으로 꺼질 듯한 암울한 기억으로 극단화시킨다. 조울병을 앓기 이전의 경험이 조울병을 유발했다고 보기는 어렵지만, 조증과 울증 그 어느 시기든 나를 사로잡은 감정의 소재는 과거의 기억으로부터 얻어진다.

나는 이제 조울병의 위험한 저수지에 물을 대는 발원지를 찾아 조심스레 탐험을 떠난다.

둘째

　돌이 만들어지는 과정은 대략 이렇게 나눠볼 수 있다. 불, 물, 바람, 압력. 뜨거운 용암이 굳어 만들어진 화성암, 풍화 작용으로 생긴 알갱이나 생물의 유해가 물에 흐르고 아래로 떨어져 쌓인 퇴적암, 화성암이나 퇴적암이 열과 압력에 의해 성질이 변한 변성암. 모든 돌은 온몸에 시간을 새기고 있다. 말 없는 시간의 음각물.

　이 세 가지 돌 중 시간의 지층을 가장 잘 보여주는 것은 퇴적암으로 먼지와 모래, 진흙과 뼛가루가 쌓일 때의 기후와 환경을 알려준다. 운 좋을 때는 동식물의 유해가 온전히 형태를 유지한 화석이 발견되기도 한다. 퇴적암은 시간을 가둬둔다.

우리가 상상할 수 없을 정도의 아득한 시간을 간직하고 있는 돌과는 감히 비교 대상도 안 되지만, 인간은 기본적으로 퇴적암이라고 생각해본다. 눈가에 잡힌 주름의 모양, 팔뚝에 돋아난 주근깨, 허벅지 근육또는 지방세포의 성쇠 등등. 그리고 기억, 또 기억들. 우리 몸엔 시간이 정합/부정합의 층리를 만들며 쌓여 있다.

다행스럽게도 나의 퇴적암엔 온전한 화석이 많이 남아 있다. 초등학교 3학년 때부터 써온 일기를 대부분 보관하고 있다. 이 빛깔 바랜 일기들은 당시 벌어진 사건, 인간관계와 기분 상태를 알 수 있을 뿐더러, 글씨의 모양과 크기, 자간 여백, 흘려쓴 정도 등을 보면 그 시절의 심리 상태도 짐작할 수 있다. 이 옛날 일기들은 이번 '조울병 발원지 탐사 여행'에 유용한 도구가 되어주었다.

일단 세상에 첫울음을 터뜨린 때부터 시작해보자. 나는 1974년 2월 강원도 원주에서 세 딸 중 둘째로 태어났다. 1970년대에 딸 셋이라는 숫자는, 최소한 막내는 아들이기를 바라는 어른들의 바람을 의미한다. 할머니에게 전해 듣기론, 아빠는 언니가 태어났을 때는 너무나 좋아서 함빡 웃었고, 내가 태어났을 때는 미소를 짓는 정도였고, 동생이 태어났을 때는 병원에서 아무 말 않고 나왔다고 한다. 엄마 아빠는 내색하지 않았지만 할머니는 가끔 "이것 중 하나만 고추를 달고 나왔어도…"라고 한숨을 쉬시곤 했다.

머릿속에 남아 있는 인생 최초의 장면은 동생이 태어난 네 살 때였다. 딱 꼬집어 말할 순 없지만 다소 우울한 분위기였다. 엄마는 병원에서 퇴원해 누워 계셨고 방안엔 분유통 같은 게 있었다. 그 전까지는 막내로서 엄마를 독점해왔다고 생각했는데 뭔가 상황이 변했다는 걸 인지했던 듯하다. 어쩌면 분유통에 담긴 달콤한 가루 분유를 탐한 기억이 당시 장면을 좀 더 선명하게 만들었는지도 모르겠다. 아무튼 내 어린 마음은 뒤숭숭했고 동생이 또 딸이었기 때문에 최소한 '경사스러운 일'만은 아니었을 거다.

딸만 셋을 낳았다는 엄마의 부담은, 그 뒤 세 딸이 공손하고 근면한 태도를 갖추고 학업에서의 성취를 이룸으로써 어느 정도 사라질 수 있었다. 아들만 있는 집에서 벌어지는 갖가지 불화, 즉 아들들이 하루가 멀다 하고 사고를 치고 부모는 학교와 경찰서를 오가며 쩔쩔매는 모습을 보면서 엄마 아빠는 안도했을 것이다. 그동안 세상도 좀 좋아졌다. 집마다 사정이 다르겠지만, 이젠 딸이 아들만큼 어쩌면 아들보다 귀하게 대접받는 분위기가 됐기 때문에 요즘 우리 엄마에겐 딸만 낳았다는 열등감 같은 건 찾아볼 수 없다. 딸 낳은 지 40년 넘은 지금에 와서 굳이 아쉬워하는 것도 별스러운 일일 테고.

동성同性 중 둘째라는 서수는 인정 투쟁의 운명을 의미했다. 나는 두 살 많은 언니와 세 살 어린 동생 사이에 끼어 있었다. 이 둘보다 뛰어나지 않으면 어른들은 나를 기억하지 못할 터였다. 언니는 어릴 적부터 키가 워낙 컸다. 초등학교 6학년 때 165㎝가 넘었는데 이는 30년 전엔 매우 드문 일이었고, 어른들의 이목이 쏠리는 건 당연했다. 더욱이 언니는 그 큰 키에도 불구하고 허약했다. 당시 초등학교 조회시간엔 전교생을 운동장에 모아놓고 교장 선생님의 긴 훈화가 이어지는 게 다반사였다. 햇볕 쨍쨍한 여름날, 더위를 견디지 못한 아이들이 픽픽 쓰러지는 경우도 많았는데, 언니는 일 년에 한두 번씩은 교장의 장광설에 졸도로 저항하는 무리에 들곤 했다. 부모님의 걱정은 당연했다. 질투심이 대단했던 나는 언니에 대한 관심이 '과잉'이 아닌가 의심하곤 했다. 스스로도 몸이 약한 언니를 질투하는 것은 온당하지 못하다고 생각했던지 이 감정엔 일말의 부끄러움도 있었다.

세 살 어린 동생도 경쟁 상대였다. 왜 그런 속설이 생겼는지 모르겠지만, '최진사댁 셋째 딸'이 예뻤다더니 아무튼 우리 집 셋째 딸도 예쁘고 귀여웠다. 언니에게 사준 새 옷은 더디게 크는 나를 거치며 나달나달해졌고, 동생에겐 늘 낡은 옷이 돌아갔다. 남루한 복색을 하고서도 동생은 해맑았고 예뻤다. 나는 죽어라 노력해야 관심과 인정을 받는 것 같은데, 동생은 막내라서 그런지, 어린애다운 천진함 때문인지, 성격이 낙천적이라서 그런지, 아니면 사람마다 타고난 사랑의 몫이 달라서 그런 건지, 아무튼 예쁨을 받았다. 스스로 생각해봐도 나보다 어린 존재와 경쟁하는 것은 온당하지 못하다고 여겼던지 동생에 대한 질투심 역시 부끄러움이 섞여 있었다.

열한 살이었던 1985년 3월, 일기를 쓰면서도 스스로 민망해하는 기색이다.

"나는 누구에게나 사랑을 받고 싶다. 언니 동생 아빠 할머니 집안 식구, 또 선생님, 친구들 모두 나를 제일로 쳐서 사랑해주면 좋겠다. 하지만 이건 어디까지나 상상의 이야기이기 때문에 이 이야기는 여기서 그치겠다."

　　이런 질투심은 철이 들면서, 다른 목표를 정하면서, 집요함
이라는 다른 색깔의 감정과 태도로 변주된다. 옛 일기는 이런
복잡미묘한 감정의 스펙트럼을 보존한 중요한 기억화석이다.

머리숱이

적
어
서

　빨강머리 앤에 매료된 건 닛폰애니메이션사가 제작한 '세계명작극장' 시리즈를 통해서였다. 험난한 유년기에도 생명력 넘치고 상상력이 풍부하며, 무엇보다도 끊임없이 떠들어대는 앤에게 반해버렸다. 그러나 앤의 콤플렉스, 머리 색깔에 대해선 공감하지 못했던 것 같다. 아마 20세기 초 서양에서 '블론드 미녀'가 지닌 압도적 우위를 잘 알지 못했고, 특히나 '빨강머리 여자'가 함의한 사회문화적 코드^{변덕스럽고 욕정이 강하며 자기주장이 강한 여}자를 이해하지 못했기 때문일 것이다. 그저 양 갈래로 땋은 앤의 풍성한 머리카락이 부러웠을 뿐이다.

'둘째 딸 콤플렉스'와 별도로 유년 시절 나를 지배한 정조가 또 있었다. 거울 속에 비친 모습을 다른 사람과 비교하고, 또 그에 대한 비평적 관점을 갖게 된 대여섯 살 때부터 외모 열등감이 시작됐다. 얼굴이 하얗고 눈이 컸지만 코가 낮았다. 뭐, 여기까지만 해도 괜찮다. 치명타는 머리카락이 '절대적으로' 적었다는 거다. 금발보다는 짙고 갈색보다는 옅은 색의 머리카락은 아주 가늘었으며, 머리통을 겨우 가릴 정도로 숱이 적었다. 묶기는커녕 핀을 꽂아도 줄줄 흘러내릴 정도였다. 리본이나 머리끈, 꽃핀처럼 '여아 식별표지' 같은 걸 매달아 놓을 수 없는 형편이었다.

이 때문에 사람들은 나를 종종 남자애로 착각했는데, 여간 치욕스러운 일이 아니었다. 언니와 동생보다 예쁘지 않다는 것은 어쩔 수 없다 쳐도, 나를 여자애로 봐주지도 않는다는 것은 참을 수 없었다. 여섯 살 때 유치원에 입학해 다른 여자애들과 비교하고, 비교당하면서 열등감은 더욱 커졌다. 두 살 많은 언니가 다녔던 유치원에 입학하고, 언니에게 유치원복을 물려받았다. 위아래가 붙은 원피스였고 치마는 주름이 없는 H라인이었다. 그런데 1979년 봄부터 유치원복 디자인이 바뀌었다. 여아용은 주름이 잡힌 살짝 퍼진 치마에 멜빵 모양의 끈이 달려 있었다. 공교롭게도 새로 바뀐 남자애들의 원복이 내가 물려받은 언니 옷과 비슷한 요소가 있었다. 주름이 없고 단추 위치가 같다는 등의 사소한 것들이었다. 철없는 애들이 물어보는 건 당연했다. "왜 너만 다른 여자애들과 옷이 달라?" "너 왜 남자 옷 입고 다니니?" "너 남자애 같다" 등등. 탐스러운 머리카락을 묶거나 땋은 여자애들이 그런 소리를 할 때면 한 대 때려주고 싶었다. 하지만 나는 매우 내성적인 아이였기 때문에 속으로만 끙끙 앓았다. 이런 속앓이가 겹치며 유치원에 별 흥미를 느끼지 못했다. 그저 유치원에 잘 적응해 즐겁게 생활했던 언니를 본받아 유치원이란 건 그냥 '아무렇지 않게' 다녀야 하는 곳이라고 생각했다.

유치원에서 돌아오면 항상 수건을 머리에 둘렀다. 수건처럼 긴 머리를 갖고 싶다는 바람이 담겨 있었다. 가족이야 오죽하면 저러랴 싶어 놔뒀겠지만 가끔 집에 온 손님들은 의아해하며 '수녀님 놀이'를 하고 있냐는 추측을 하기도 했다. 어느 가을날, 마당에서 그네를 타다 머리에 둘러쓴 수건이 훌렁 날아갔다. 수건을 주우면서 어린 마음에도 이렇게 모양 안 좋게 수건이 벗겨지느니 차라리 숱 적은 머리가 더 낫지 않겠냐는 생각을 했던 것도 같다. 그 이후 '수건 가발'은 점차 사라졌다.

수건에 대한 집착뿐만이 아니었다. 나는 일곱 살 때 일 년 정도를 줄넘기에 미쳐 살았다. 어떤 계기로 줄넘기를 시작했는지는 기억나지 않는다. 다만 아침에 눈 뜨고부터 잠들기까지 거의 줄넘기 줄을 쥐고 살았다는 것은 분명하다. 할머니가 두부를 사오라고 심부름을 시키면 줄넘기를 하면서 가게로 달려갔다. 돌아올 때는 두부가 담긴 까만 비닐봉지가 가느다란 손목에 매달려 함께 달랑대며 줄을 넘었다. 비가 오면 가구들을 치우고 거실에서 뛰었다. 어느 날인가는 아빠가 근심스러운 표정으로 말했던 기억이 난다. "주현아, 줄넘기는 하루에 500번만 하면 좋겠다. 뭐든지 너무 심하게 하는 것은 좋지 않다…." 하지만 500번은 금방 채울 수 있는 분량이었고, 난 숫자를 세지 않고 줄을 넘었다. 그렇게 줄넘기를 하면서도 엑스형 넘기나 이단 뛰기일명 쌕쌕이 같은 테크닉은 시도하지 않았다. 오로지 '오래 줄넘기'였다. 줄넘기를 추억하다 보면 지금도 슬그머니 웃음이 피어오른다. 별로 재미도 없고 힘만 드는 일을 그렇게 반복했다니. 줄넘기 일화는 지금도 내가 가진 외골수적인 면모를 압축적으로 보여준다.

남자로 태어나길 바라는 집안에서 딸로 태어났고, 그것도 눈에 잘 안 띄는 둘째로 태어났고, 그런데 전혀 여자애처럼 생기지도 않았다. 이런 조건은 내 성격을 형성하는 밑바닥 어딘가에 자리 잡고 있다. 열등감과 자존심, 질투심. 거기에 더해 뭔가 노력으로 눈에 띄어보겠다는 전투력, 승부 근성. 그리고 줄넘기로 다져진 체력과 끈기까지. 초등학교 6학년 때인 1986년 2월 27일 일기는 바로 그런 대목을 잘 표현한다.

"내가 여자가 아니었으면 좋겠다. 우리 집은 대를 이을 아들이 없다. 나 하나만 아들이었더라면 우리 집은 정말 좋았을 것이다. 할머니께서 '에그, 누구 하나만 고추를 달았으면…' 그런 말 하지 않아도 괜찮으면 좋겠다. 하지만 언니의 생각은 나와 다르다. 우리는 딸이지 아들이 아니므로 아들 노릇을 우리가 하면 된다고 생각한다. 그렇다. 우린 딸이지 아들이 아니다. 딸이 아들이 될 수는 없다. 그러므로 우리는 당당한 딸로 성장해나가야 한다. 아들보다 훨씬 나은 딸로서 남자들을 억누르는 여자가 돼야겠다."

생각의 흐름은 이렇게 전개된다. 할머니는 아들이 있으면 좋겠다고 한다 → 할머니를 만족시켜 드리고 싶다 → 내가 딸이 아니라 아들이면 좋겠다 → 언니는 딸이 아들이 될 수 없으니 아들 노릇을 하면 된다고 한다 → 그렇다, 당당하고 멋진 딸이 되자 → 아예 남자들을 '억누르는' 여자가 되자!

나는 지금도 앤이 자신의 빨간 머리를 잡아당기며 '홍당무'라고 놀린 남자 동급생, 길버트의 머리통에 석판을 들어 내려치는 장면을 가장 좋아한다.

할머니는

나의 '뒷마당'

　"'맑은 날은 누구랑 함께 있어도 즐겁긴 하지만…' 끝까지 말할 필요는 없다. 비가 내려도 함께 있고 싶다고 생각되는 사람이라는 것이 자랑스러웠다."

　최근 미나토 가나에의 단편 연작집 《여자들의 등산 일기》에서 이 문장을 읽을 때 마음이 저릿했다. 홋카이도의 1721m 고산 리시리산에 오른 자매 얘기였다. 번역가를 자처하지만 양파 농사를 짓는 아버지를 도와 시골 고향에서 사는 주눅 든 동생, 잘난 남편과 번듯하게 사는 언니. 가뜩이나 험준한 산에서 비가 내려 곤혹스러운데, 실제로 언니의 마음엔 굵은 비가 내리고 있었다. 언니는 남편에게 일방적으로 이혼 통보를 받은 뒤 동생에게 산에 가자고 했다. 평소 늘 잘난 척하는 언니 태도가 마음에 맺혔던 동생이지만, 궂은일을 당한 언니가 선택한 사람이 자신이라는 데서 행복감을 느낀다.

비가 내려도 함께 있고 싶다고 생각되는 사람. 안도감을 주는 사람, 무슨 일이 있어도 전적으로 나를 받아주는 사람, 의지할 사람. 어린 시절, 내겐 이런 사람이 두 명 있었다. 할머니와 엄마. 이 두 사람이 내 사랑의 뿌리였던 시절은 시기가 다르다. 처음엔 할머니였다가 철이 들면서부터 엄마로 넘어갔다. 할머니의 세계에서 엄마의 세계로 사랑의 지향점을 틀었던 그때를 생각하면, 지금도 관계의 날카로운 모서리에 마음이 베이는 아릿함이 전해져 온다.

엄마는 1971년부터 1991년까지 고등학교 교사로 일했다. 주부가 직업인 다른 엄마들과 달리 엄마는 나름 전문직에 종사했고, 그렇기에 일요일을 제외하곤 아이들을 집에서 맞아줄 수 없었다. 이는 자랑스러우면서도 불만스러운 점이었다. '선생님 엄마'는 좋았지만 한 편으론 엄마가 항상 우리와 함께했으면 좋겠다는 아쉬움도 컸다.

특히 운동회 같은 학교 행사에 엄마가 오는 것은 의미가 컸다.

엄마는 동료 선생님들의 양해를 얻어 수업 시간표를 이리저리 바꿔야 간신히 짬을 낼 수 있었다. 나 또한 이런 점을 잘 알고 있었다. 1984년 4월 4일, 나는 '고마운 엄마'라는 제목의 일기를 썼다.

"오늘 4교시엔 학급별로 어머니들이 오셔서 회의하기로 했다. 그런데 직장이 있는 다른 엄마들은 참석하지 않았지만 우리 엄마는 직장이 있음에도 잠깐 교실에 다녀가셨다. 엄마가 참 고맙고 자랑스러웠다. 우리 교육에 관심이 큰 것이 나를 감동시켰다."

내가 늘 엄마의 사랑에 목말라한 것만은 아니다. 우리 집엔 할머니가 계셨다. 을사조약1905이 맺어진 해에 태어난 할머니는 내가 꼬마였을 때부터 이미 폭폭 늙은 할머니 모습이었다.

고부 관계라는 필연적으로 껄끄러운 관계를 일찌감치 알았던 걸까. 어쨌든 아주 어릴 적부터 내가 사는 곳은 할머니의 세계와 엄마의 세계 둘로 나뉘어 있었다. 그중 어느 세계를 '준거'로 삼았느냐에 따라 어린 시절은 두 시기로 구분된다. 세상이 그저 낯설고 힘겨웠던 초등학교 저학년 시절까지 나는 할머니의 세계가 전부라고 생각했다. 그러나 학교에 완전히 적응하고 세상을 헤쳐나갈 힘이 있다고 느낀 이후엔 엄마의 세계에 속하

길 원했다.

할머니는 내가 아주 어릴 적부터 언니나 동생보다도 특히 나를 예뻐하셨다. 자매 중에서 유독 내가 할머니를 몹시 따랐다는 이유가 컸을 것이다. 나는 엄마, 아빠와 자다가도 한밤중 느닷없이 울음을 터뜨리며 할머니에게 달려가곤 했다. 아, 부끄럽다. 유치원에 들어가기 전까지도 할머니의 빈 젖을 빨았다. 한없이 너그러운 세계였다. 네다섯 살 때까지 할머니와 길을 걷다가 떼를 쓰며 무작정 할머니의 치맛속에 들어가기도 했다. 할머니가 역정을 내며 꾸짖어도 아무렇지 않았다. 세상살이에 서툴고 어설픈 나를 할머니는 깊이 사랑해주셨으나, 할머니의 세계는 좁고 폐쇄적이었다. 할머니 세계에는 친척들을 제외하곤 등장인물이 많지 않았다. 할머니의 세계는 육체 노동의 세계이기도 했다. 초등학교 1학년 때 가사 도우미로 일하던 '선화 언니'가 서울 공장에 취직해 떠난 이후, 늙은 할머니는 다리가 아프다면서도 방과 마루를 살뜰히 닦으셨다. 낮엔 정원에서 잡초를 뽑았고, 보도블록 가장자리에 나란히 심어진 파초들이 키가 똑같아지도록 단정하게 낫질을 하셨다. 여름에 농사 일손이 딸릴 때면 원주 교외 시골에 있는 큰댁에 가서서 밭일을 도와주셨다. 큰댁은 노인과 아이의 걸음으로 우리 집과 3시간 거리에 떨어져 있었다. 할머니는 차멀미가 너무 심해 일흔 중반 전까지는 아무리 먼 거리라도 걸어다니셨다.

반면 엄마의 세계는 유치원으로, 피아노학원으로, 학교로, 쭉쭉 뻗어나갔다. 본인의 기억은 어떠할지 모르지만, 나는 엄마에겐 할머니한테 그랬던 것처럼 함부로 굴지 않았다. 모두 알고 있을 텐데 나 혼자 모르는 거라고 생각되면 엄마에게도 물어보길 꺼렸다.

열 살 무렵까지는 할머니의 세계에 머무르는 것이 편안했다. 하지만 상황은 점점 변해갔다. 할머니가 일상에서 받아들이는 정보는 친척 얘기, 이웃과의 대화, 텔레비전 드라마 줄거리 정도였는데 엄마의 세계는 달랐다. 학교 선생님, 친구들, 동화책, 운동회와 소풍, 옷과 신발 가방 등등 화제가 무궁무진했다. 엄마는 세 딸이 어느 정도 자라자 방학이 되면 경양식집레스토랑에 가서 한 학기의 수고를 위로하고 휴가를 기념하기 위해 '근사한 저녁'을 사주시곤 했다. 함박스테이크와 돈까스의 차이를 구별하고 포크찹이 무엇인지 고기와 생선튀김에 끼얹는 소스는 뭐가 다른지를 배웠다. 피자가 식지 말라고 피자가 얹힌 쟁반 밑에 촛불이 놓인 걸 보고 매우 놀라워하며, 그 낭만적인 분위기에 감탄했던 장면이 지금도 기억난다.

엄마와 할머니는 가정을 함께 이끌어간다는 책임감과 상호 간 신뢰가 있었지만 한국 대부분의 고부 관계가 늘 그러하듯 '아주' 사이가 좋은 건 아니었다. 두 사람은 성격도 달랐다. 할머니는 '완벽'을 지향하는 성격으로 엄격하고 주변 관리가 깔끔했으며 부지런하셨다. 늘 새벽 다섯 시에 일어나셨다. 할머니가 쓰는 물건은 수건부터 양말까지 모두 흰색이었다. 돌아가시기 직전까지 아침마다 참빗으로 은발을 가지런히 빗고 머리를 틀어 비녀로 고정하는 작업을 성스런 의식처럼 치르셨다. 할머니는 음식을 할 때도 중간에 발생하는 설거짓거리는 치워가면서 주변을 어수선하지 않게 만들었다. 그러나 완고했다. 며느리의 고생은 고려 대상이 아니었다. 아들만 표나게 편애했다. 엄마 역시 하루종일 일하는데도 할머니는 아빠만 고생해서 돈 번다고 생각하셨다. 아마도 무학의 할머니로선 대학 교육을 받고 자기 일을 가진 전문직 엄마에게 콤플렉스 같은 것도 있었을 법하다.

반면 엄마는 좀 더 자유로운 영혼의 소유자였고, 할머니보다 마음이 더 여리고 따뜻했다. 엄마는 어린 시절 매우 가난했지만 외할머니에게 전폭적인 사랑을 받았다. 외할머니는 총명하고 책임감 있는 막내딸을 아들들보다 훨씬 믿고 사랑했다. 그래서 엄마는 여자든 남자든 상관없이 공정한 처우를 받아야 한다고 생각했다.

나이가 들수록 나는 '엄마의 세계'를 편들기 시작했다. 이런 생각은 중학교 들어가면서 더욱 짙어졌다.

"나는 원래 할머니를 좋아했다. 그런데 내가 좀 더 크고 객관적인 시각으로 할머니를 보니 보수적이고 이해심이 없는 할머니로밖에 비치지 않았다. 엄마는 전혀 잘못도 없는 일을 괜히 엄마에게 뒤집어씌우셨다."1987년 7월 9일

"어제 저녁에 4학년 때 일기를 읽어보았다. 그때는 내가 아주 할머니를 좋아했다. 할머니가 큰댁에 가시면 할머니가 없는 집안은 쓸쓸하다고 쓰여 있었다. 지금은 별로 그런 것을 느끼지 못한다. 할머니는 엄마를 못마땅해하신다. 할머니가 하는 일은 무조건 옳고 엄마가 하는 일은 전부 안 좋다고 생각한다. 엄마가 사오는 옷, 양말, 속옷은 모두 안 좋다고 생각하신다. (…) 나도 노인이 되면 이처럼 생각도 좁아지고 편견의 눈을 갖게 되는 걸까?"1987년 10월 17일

'엄마의 세계'에 적극 입문하면서부턴 서서히 '나의 세계'도 형성되기 시작했다. 나는 꼬마 때부터 할머니와 한방을 썼는데

중학교에 입학하자 내 방을 갖게 해달라고 졸랐다. 옆방으로 이사 간 첫날 밤 할머니는 내 방에 오셔서 "이젠 자기 방을 갖고 싶어 하는구나…" 하고 중얼거리셨다. 할머니가 느꼈을 서운함에 귀가 빨개졌던 게 떠오른다. 할머니로부터 심리적 거리가 멀어지면서 죄책감도 짙어졌다. 특히 할머니가 편찮으실 때 그랬다. 너무 늙으셨다는 것, 그래서 세상에서 뵐 날이 많지 않을 수 있다는 생각을 할 때면 미안한 감정이 마음을 파고들었다.

조증의 발병 시기에 할머니 생각을 많이 했다. 할머니의 추억을 떠올리면서 할머니와의 그 평화로운 세계가 이젠 완전히 깨져버렸다는 것이 압도적인 절망감으로 다가왔다. 불만스러운 현재 상태와 대비시켜 더욱 낭만화했던 것도 같다. 할머니-엄마의 두 세계에서 결국 엄마 쪽에 섰다는 죄책감도 작용했다. 할머니에 대한 그리움을 하도 절절이 호소해서 나름 효심 깊은 아빠가 오히려 당황할 지경이었다. 당시엔 〈오즈의 마법사〉 도로시의 말을 떠올리면서 할머니 생각에 눈물을 흘렸다. 고향 캔자스로 가는 길을 알아낸 도로시가 말한다. "내 마음이 원하는 것을 찾아 또다시 떠나고 싶어지면 나는 다른 어디도 아닌 뒷마당을 돌아볼 거예요. 그곳에 없다면 애초에 잃어버린 적도 없을 테니까요."

　　조울병은 과거의 일이든 현재 벌어지고 있는 일이든 감정을 증폭시켜 스스로 그에 휘말리는 경향이 있다. 할머니는 내 유년의 '뒷마당'이었고, 나는 이 지나간 뒷마당의 세계에 집착했다.

공부라는   덫

자신의 빨강머리를 조롱하는 길버트를 석판으로 갈겨주는
앤에 매혹됐다는 것은 앞서 얘기했다. 나도 세상의 '길버트'를
내리치고 싶었다. 앤보다 좀 복잡한 이유였다. 남자애들의 관
심과 사랑을 원하면서도 우월한 능력으로 남자들을 '억누르는'
여자가 되고 싶다는 양가적 욕망이었다. 그리고 그 억누르는 도
구는 석판이 아니라 공부였다.

초등학교 3학년 학기 말, 겨울이었다. 차가운 겨울바람을
맞으며 학교에서 집으로 돌아오는 길, 나는 큰 깨달음을 얻는
다. 고개를 끄덕이며 다짐하던 그 순간이 지금도 생생하다. 당

시 우리 반엔 예쁜 여자애들이 유난히 많았다. 또 잘생기고 공부를 잘하는 남자애들도 상대적으로 많았다. 특히 마음을 뺏은 애는 학기 초 서울에서 전학 온 '영진'이란 아이였다. 그는 공부를 잘할 뿐더러 '수완'이 좋았다. 뭔가 빼기는 듯하면서도 아이들과 잘 어울려 놀았다. 난 영진이가 내게 관심이 있다고 생각했고, 영진이가 반장이고 내가 부반장이니 그가 1등, 내가 2등을 해도 좋다고 생각했다. 하지만 처음에 다정했던 영진이는 시간이 지나면서 다른 예쁜 여자애들에게 관심 있는 것처럼 보였다. 그 겨울날의 결심은 이거였다. '이제 좋아하는 남자애라고 해서 내가 성적이 뒤처져도 괜찮다는 생각은 하지 말자!' 칼을 간 결과는 좋았다. 그해 마지막 시험에서 영진이보다 높은 점수를 받았다. 성적표를 받은 영진이가 내게 친절하게 말을 거는 걸 보면서 나는 다시 한번 내 생각_{남자들은 이기는 여자를 무시하지 못한}다에 확신을 얻게 됐다.

내가 공부에 열중하게 된 동기는 단순했다. 초등학교 2학년 때부터였다. 담임 선생님은 '엄양섭'이라는 나이 지긋한 남자 선생님이셨는데 잘잘못을 명확히 가리는 공정함을 지니고 있었다. 엄격하면서도 아이들에게 진지한 사랑과 관심을 쏟는 자애로운 분이셨다. 학기가 시작된 지 얼마 안 된 이른 봄 오후,

수업이 끝난 뒤 빗자루로 교실 바닥을 쓸고 있었는데 선생님이 다가와 머리를 쓰다듬어주셨다. "네가 생일이 빨라서 그런지 다른 애들보다 청소를 아주 열심히 하는구나." 이런 말도 덧붙이셨다. "머리가 그리 노랗더니 이젠 머리도 많이 까매지고 숱도 늘었네."

당시 생일이 3월 이전인 아이들은 한국 나이 셈법으로 일곱 살에 학교에 가야 했다. 그러나 부모님은 2월 말에 태어난 나를 3월 이후 출생자들과 마찬가지로 여덟 살에 학교를 보냈다. 본래는 일곱 살 입학을 염두에 두고 여섯 살에 유치원을 다니도록 했는데, 정작 초등학교 입학일이 다가오자 다시 한 해 미루기로 결정했다. 내가 좀 어리바리하다고 생각하셨던 게 틀림없다. 내가 1학년이 됐을 때 함께 유치원에 다녔던 아이들은 2학년이었다. 이것도 은근히 콤플렉스였는데 선생님은 이를 '어른스럽게 청소를 열심히 하는 애'로 바꿔놓으신 거였다. 게다가 머리카락이 변했다니! 2학년으로 올라가는 1982년 초, 엄마는 미용실에 데리고 가서 머리를 아주 짧게 자르게 했는데, 그 이후부터 숱이 좀 많아지고 머리 색깔도 노란색에서 옅은 갈색으로 바뀌기 시작했다. 변화를 알아채신 선생님의 말씀이 너무나 소중했고, 그래서 학교생활도 열심히 하기로 마음먹었다. 이때부터 나는 선생님의 인정을 더 많이 받기 위해 노력했고, 선생님이 너무 좋아서 수업이 끝난 뒤엔 선생님이 퇴근하는 여섯 시까지 교실에 남아 공부했다. 선생님께 모르는 것도 여쭤보면서. 학교에서 어떻게 인정을 받을 수 있는지 방법을 알게 되면서, 나는 외모 콤플렉스에서 좀 벗어났다. 친구 관계에서도 자신감을 얻었고, 어릴 적 모호한 내용으로 막연하게 들끓었던 질투심은 학업에서 높은 성취를 이루겠다는 승부욕으로 전환됐다.

1980년대 한국의 소도시에서 만연했던 성차별의 압력에서 벗어나는 방법도 '공부'였다. 내가 입학한 중학교는 원주에서 처음 세워진 남녀공학이었는데 여학생 숫자가 남학생보다 훨씬 많았는데도, 남학생들이 전교 상위 점수 1~10위권에서 다수를 차지했다. 게다가 선생님들은 여학생을 기죽이는 말도 대놓고 했다. "초등학교 때와 달리 중학교 들어오면 남학생이 훨씬 우수해진다. 수학과 과학은 여학생이 도저히 못 따라가기 때문이지." 여학생을 일부러 자극해서 '성 대결'을 유도하려고 했을 수도 있지만, 나는 그 말이 얼마나 듣기 싫었는지 모른다. '이주현은 여자지만 남자애들에 뒤지지 않는다'는 말을 듣고 싶었다.

그 시절의 일기는 나름 치열하다.

"난 다시 1등을 향해 내 노력을 아끼지 말고 채찍질하며 힘차게 달려야 한다. 남자아이가 뺏은 1등 자리는 내가 찾을 것이다."1987년 5월 22일

공부 몰입은 점차 심해졌다. 중학교 3학년 마지막 방학 때 하루에 14시간씩 공부했다. 고등학교에 입학하니 모의고사 시험 결과가 전국과 도 순위까지 모조리 나왔다. 나는 이 순위에 집착했고, 결국 1992년 치러진 마지막 학력고사에서 좋은 성적을 얻어 서울대학교에 입학했다.

내가 열심히 공부한 것은 본래 가지고 있던 열등감, 콤플렉스, 승부욕, 끈기, 집중력 등 자발적인 동기에서 비롯된 측면이 많았다. 강한 욕망에 따라 공부를 열심히 했지만, '내면의 억압'도 그에 비례해 쌓여갔다. 교과서나 참고서가 아닌 '소설'을 읽고 나면 그 시간에 공부하지 않은 데 대한 죄책감을 느꼈다. 일기엔 "오늘도 나는 공부도 하지 않고 ○○를 읽으며 지냈다"는 표현이 자주 나온다.

이처럼 공부 일색으로 청소년기를 보냈던 것은 후일 조증 시기에 엄청난 분노로 터져나온다. 한국의 학벌주의, 여기에 편승한 부모와 교사의 무지와 탐욕으로 인해 내가 '공부 기계'가 됐다고 생각했기 때문이다.

당시 선생님들을 일일이 찾아가 화를 내고 따질 순 없었기에 부모님에게 엄청난 분노를 쏟아냈다. 내가 알아서 공부할 수밖에 없도록 조종^{manipulation}했으며, 딸의 '이상한 몰입'에 대해 성격상 문제가 있을 수 있다고 추호의 의심도 하지 않았다고 날을 세웠다. 아이들을 가르치는 교사가 직업이었는데도 한국 사회의 학벌주의에 그대로 편승했다고도 몰아세웠다. 살아가는 데 1등이 그렇게 중요한 건 아니라는 걸 왜 일러주지 않았는지 원망했다. 자녀 교육에 최선을 다하고 헌신했던 그들로선 대학 졸업 뒤 한참 지난 스물일곱의 딸이 "왜 나를 이렇게 공부 기계로 만들었냐"고 따지는 말이 황당했을 순 있겠지만, 일기와 기억, 자매들의 말을 들어보면 아주 틀린 건 아니다. 외골수적인 몰입, 사춘기도 없이 공부만 하는 것의 문제점을 소홀히 하거나 때로는 승부 욕구를 자극, 조장한 측면도 없지 않다고 생각한다.

북아메리카에 사는 붉은 사슴, 엘크 수컷의 화려한 뿔을 생각해본다. 압도적인 우아함. 그러나 사실 엘크는 자신의 뼈에서 칼슘·인을 뽑아 뿔을 키우기 때문에 계절성 골다공증에 걸리는 경우가 많다. 뼈가 약해진 수컷은 암컷을 차지하기 위한 전투를 하다 다리가 부러지기 일쑤고, 영양분을 충분히 섭취하지 않으면 부상이나 기생충 감염 등을 극복하지 못하고 죽어간다.

'S'라는 멋진 뿔을 얻기 위해 나는 온종일 의자에 앉아 얼마나 많은 칼슘을 뽑아 올렸던 걸까. 물론 내가 청소년기에 공부만 하다가 조울병을 앓은 건 아닐 것이다. 그러나 정신적 골다공증 때문에 조울병에 더 취약했던 것은 아닐까? 결국 인생은 균형의 문제니까.

적응과

생
존

차가운 공기 속에 봄의 냄새는 희미했다. 1993년 3월. 붉은색 벽돌 건물 기숙사에서 대학생활의 첫날이 시작됐다. 애써 들어온 학교였지만 낯섦이 설렘과 기쁨을 압도했다.

온도와 습도, 영양분이 최적화됐던 '원주의 온실'을 떠나 난생처음 서울에서 혼자 지내려니 슬며시 겁이 났다. 무엇보다 너무 추웠다. 대학생활을 앞두고 장만한 옷들은 모두 얇은 봄옷이었는데, 산자락 아래 학교는 4월에도 눈발이 흩날리곤 했다. 당시를 떠올리면 온몸을 파고들던 추위가 가장 먼저 생각난다. 어깨를 바짝 붙이고 고개를 파묻고 한기에 몸을 떨며 하루를 보내다 밤이 되면 목이 뻣뻣하게 아파왔다.

당혹감도 수시로 찾아왔다. 공부 말곤 할 줄 아는 게 없다는 걸 깨달을 때마다 자신감이 뚝뚝 떨어졌다. 심각한 사안도 아니었다. 가장 먼저 부닥친 곤경은 학기 초 신입생을 상대로 한 다양한 술자리에서 노래를 불러야 할 때였다. 당시 일기를 보면, 과 모임에서 무슨 노래를 불러야 할지 몰라 난처했다는 얘기가 여러 번 나온다. 내 순서가 돌아올까 봐 화장실로 피하기도 했다. 그렇게 회피가 이어지던 어느 날 기숙사 옆방에 사는 친구가 두 시간 내내 노래 한 곡을 목 놓아 연습하는 걸 들었다. '아, 다들 저렇게 열심히 연습해서 부르는 거였구나!' 나도 모임의 성격과 분위기에 따라 '운동권 노래' 한 곡, 대중가요 한 곡을 준비했다. 너무 전투적인 노래는 신입생에게 과하다 싶어 서정적인 분위기의 운동가요를 골랐는데, 연습했던 것도 정작 부르려고 하면 긴장해서 목소리가 부들부들 떨리기 일쑤였다. 대중가요로는 가사가 짧고 후렴구의 반복 패턴이 뚜렷하며 멜로디가 단순한 트로트를 골랐는데, 가사가 홍등가에 몸담은 여성의 슬픔을 남성의 시선에서 전형적으로 낭만화한 내용이라는 것을 미처 알지 못하고 불렀다가 분위기가 싸해져 그날 이후 더 이상은 부르지 않았다.

양파를 손질하다가 가끔 사람의 성격이 여러 겹의 잎우리가 먹는 양파는 뿌리가 아니라 잎이라고 한다!이 동그랗게 뭉친 양파의 모습과 비슷하다는 생각을 할 때가 있다. 사회생활을 하면서 사람들을 응대하는 스킬이 늘어났고 씩씩해진 측면이 있으나 어린 시절 숫기 없고 내성적인 성향 또한 남아 있다. 나는 옛날이나 지금이나 사람들이 많이 모인 자리에서 일어나 얘기하거나 노래하는 것을 꺼린다.

'여리고 어리숙한 고등학생'에서 마음이 한 뼘도 자라지 않은 채 낯선 환경에 혼자 뚝 떨어진 나는 그저 막막했다. 대학에 입학하기 전까지 한국의 청소년은 그 나이 때만 누릴 수 있는 즐거움이나 시험에 나오지 않는 교양을 빨아들일 기회가 유예된다. 대입 전까지는 무용한 즐거움을 보류해달라는 어른과 사회의 요청에 고분고분하게 살아왔던 나는 선배와 일부 동기들이 교과서 밖에 있는 것도 많이 알고, 또 음악, 영화, 스포츠, 텔레비전 프로그램 등 교양과 오락에 훤하다는 데 충격을 받았다. 나처럼 교과서에만 코 박고 있다가 대학에 온 게 아니었다.

이 진공 상태에서 벗어나기 위해선 뭔가 해야 했다. 하지만 정작 무엇부터 시작해야 하는지 알 수 없다는 게 가장 큰 문제였다. 학교 강의가 일상적이고도 기본적인 틀이었지만, 선배들은 강의 자체에서 별로 배울 게 없다고 했다. 그건 사실인 것 같았다. 그렇다고 선배들과 함께했던 세미나에서 많은 걸 배웠던 것도 아니었다. 1학년인 우리를 '지도'한 그들도 나보다 한두 살 정도밖에 더 많지 않았으니 선배라고 해서 뭘 가르칠 형편도 아니었다. 무엇부터 배워야 하는 건지, 또 내가 동경하는 잡다한 교양과 상식이 과연 필요한지, 필요하다면 어떻게 얻을 수 있는지 알 수 없어 답답했다.

서서히 깨달았지만 사실 다른 애들도 적응과 생존을 위해 애쓰고 있었다. 어떤 애들은 자신의 사교성과 성격적 매력을 충분히 발휘해 떨쳐보려고 했다. 많지는 않았지만 일찍부터 사회과학에 눈을 뜬, 철든 이도 있었다. 싹수가 있어 보였던 이런 동기들은 '운동을 하는' 선배들과 좀 더 빨리 친해졌고 적응도 쉬운 듯했다. 반면 수줍음이 많은 아이는 기죽은 대로 그냥 조용히 지냈다.

수줍음과 의욕을 동시에 지녔던 나는 첫 번째 부류에 들어보려 하였으나 힘이 부친 게 사실이었다. 돌이켜보면 나는 본래 여러 사람과 어울려 와자지껄 노는 데 익숙하지 않았다. 그렇다고 사회의식이 민감하지도 않았다.

내가 입학한 사회학과는 본래 1970~1980년대에 전국에서도 손꼽히는 급진적인 학과 중 하나로 이름나 있었다. 학생운동이 사회 변혁의 전위에 섰던 시기, 사회학과에선 많은 학생이 시위에 동참했고 졸업 뒤엔 '현장'인 공장에 취업했으며 재야로 가기도 했다. 학계에 진출한 경우엔 진보적인 학자로 연구와 교육에 매진한 이들이 여럿이었다.

　내가 입학했던 1993년은 '문민정부'라고 하는, 여하튼 합법적인 절차로 선출된 김영삼 정권이 출범했을 때였고, 초반부엔 금융실명제 실시, 하나회 청산 같은 군개혁 등으로 대통령 지지율이 고공행진하고 있었다. 2년 전인 1991년만 해도 상황이 달랐다. 1991년 4월 등록금인상 반대투쟁시위를 벌이다 입학한 지 한 달밖에 안 된 명지대 신입생 강경대 군이 백골단에 맞아 숨진 것을 시작으로 한 달 동안 학생, 노동자 등 10여 명이 분신, 투신하거나 시위 도중 강경 진압으로 숨졌다. 1987년 여름 찬란하게 타올랐던 정치적 열정은 군 출신 대통령이 '선거'로 집권함으로써 미완성 정권 교체라는 큰 내상을 입었다. 1991년의 봄은 어쩌면 그 격렬했던 1980년대가 장렬히 산화해가며 저물던 시기였을지 모른다. 1991년의 검붉은 자국은 다 씻기지 못하고 그렇다고 새로운 변화의 분위기가 완연하진 않은 때. 그것이 1993년 사회학과의 어정쩡함이었다.

사회학과에 온 학생들은 대체로 사회과학적 호기심이 충만하고 다방면에 관심이 많은 편이었지만 법대나 정치학과를 선택하는 아이들처럼 야심만만하진 않았다. 공부도 잘하고 논리적이고 어디 내놓아도 말발이 뒤지지 않는 영특함을 갖췄으나, 돈과 권력에 대한 열망과 민감성은 좀 떨어졌다고 할 수 있겠다. 영악하게 세속적 좌표를 일찌감치 정해두지 않았다는 것은 나처럼 '헤매는' 아이들이 꽤 있었다는 말이다.

어찌 보면 내가 어렵게나마 무사히 대학생활을 마칠 수 있었던 것은 사회학과 덕분일 수 있다. 해체되고 있었지만 그때까진 남아 있던 공동체적 분위기, 똑똑하긴 하지만 앞가림과 이재엔 다소 어수룩한 낭만적인 학생들이 빚어내는 인간적 여유. 이 덕분에 여러 가지로 두루 취약한 내가 숨 쉬고 살아갈 수 있었다.

어수선한 3월이 거의 지나갔을 무렵, 나는 모임에서 '동동주 한 사발과 맥주 500cc'에 조금 취해 경북 출신의 친구를 붙잡고 "나는 양은냄비처럼 일희일비하는 성격"이라고 모처럼 속내를 털어놨다. 고등학생 시절부터 부모와 떨어져 자취했던 그 친구는, 수줍음과 의욕을 동시에 지닌 나와 달리 조숙하고 냉소적인 아이로 보였다. "뚝배기가 반드시 양은냄비보다 낫다고 할 순 없지 않나? 계속 열만 준다면 양은냄비로도 음식을 만들기엔 충분하지 않나?" 난 그 친구의 말을 일기에 기록하며 소중히 간직했다.

그 애 말은 반은 맞고 반은 틀리다. 양은냄비로도 음식을 만들 수 있다. 뚝배기보다 빨리 식으니 따뜻한 음식을 먹으려면 자주 데워주면 된다. 하지만 양은냄비로는 곰탕을 만들 수 없다.

나는 여전히 양은냄비다. 주위에서 뭐라 하든 아랑곳하지 않고 밀고 나가는 뚝배기 성격은 아니다. 만약 내가 뚝배기처럼 강한 신경줄을 지녔다면 조울병을 앓지 않았을 거라 생각할 때도 있다. 그러나 나는 어차피 양은냄비 같은 사람이다. 생채기가 잘 나며 주변의 위로를 상처에 듬뿍 바르지 않으면 덧나기 일쑤다.

예순 조금 넘은 나이에 빛나는 문장들을 남겨두고 다른 세상으로 떠나버린 고 김서령 작가의 책 《외로운 사람끼리 배추적을 먹었다》 중엔 어린 시절 밤마실 온 이웃 어른 여성들과 함께 부쳐 먹던 배추적을 떠올리는 대목이 있다. 날로 먹으면 달달한 배추를 밀가루를 묻혀 구우면 밍밍해지는데, 김서령은 삶의 아픔에 속이 썩어본 사람만이 배추적의 그 싱거운 맛의 깊이를 알 수 있다고 했다.

"아픔에 대한 내성이 부족하다는 뜻의 생 속의 반대말은 썩은 속이었다. 속이 썩어야 세상에 관대해질 수 있었다. 산다는 건 결국 속이 썩는 것이고 얼마간 세상을 살고 난 후엔 절로 속이 썩어 내성이 생기면서 의젓해지는 법이라고 배추적을 먹는 사람들은 의심 없이 믿었던 것 같다. 그렇게 조금씩 속이 썩은 사람들끼리 둘러앉아 먹는 것이 배추적이었다. 날것일 땐 달았던 배추도 밀가루를 묻혀 구워놓으면 밍밍하고 싱거워졌다. 생속을 가진 사람은 배추적의 맛을 몰랐다. 배추적을 입에 넣어 '에이, 뭔 맛이 이래? 싱겁고 물맛만 나네!' 하면 자기 속이 생 속이라는 고백이었다."

고래 심줄처럼 강인한 성격의 소유자와 유약한 성격을 지닌 사람은 각자 다른 유형의 인간관계를 맺으며 살아갈 것이다. 그러나 강함과 약함과는 별도로, 아픔을 견딘 사람이라면 배추적의 깊은 맛을 알 것이며, 또 기꺼이 배추적을 부쳐 다른 아파하는 이웃과 나눌 수 있을 것이다.

조울병이 아니었다면 나는 대학 시절 아삭한 생무의 아릿함만 맛보다가 이내 화려한 맛의 세계가 인생의 전부라고 생각해버렸을지 모르겠다. 김서령의 말대로, 아픔에 사무쳐본 사람만이 배추적의 맛을 안다.

슬픔에는

이
유
가
있
다

2009년 나온 김창완밴드의 앨범 〈버스〉엔 이런 노래가
있다.

술에 취한 너를 들쳐업고
5층 아파트 계단을 오를 때
내 등 뒤에서 너는 아이처럼
새근새근 잠을 잤었지
(중략)
열쇠 찾아서 겨우 문을 열고
끈을 풀어 신발을 벗겨주고

침대에 널 뉘어놓고 돌아서

터덜터덜 층계를 내려오지

(중략)

새벽길에 옷깃을 여미며

흩어진 시간을 흩어진 기억을

어깨에 남은 너의 몸무게에 담아

물지게처럼 지고 가지

〈너를 업던 기억〉, 이 노래 참 아름답다. 따뜻하다. 착하다. 술 취해 정신을 잃으면 남자가 어디로 데리고 갈지 몰라 겁나는 세상을 살고 있기에 이 노래의 선량함이 더욱 사무친다. 대학 시절 내 주변엔 이처럼 '착한 오빠들'이 많았다이 역시 어리숙해서 그렇게 생각했을 수도 있다. 외로움과 고립감을 메우는 데는 지성을 갈고 닦는 것보다 좀 더 현실적인 방법이 있었다. 착한 오빠와 사귀기. 1학년 2학기 접어들면서 그 착한 오빠들 중에서도 가장 착한 오빠가 눈에 들어왔다.

후일 영화 〈접속1997〉의 배경이 된 종로 피카디리 극장도 그와 처음 갔고, 생산적일 듯하나 실은 산만한 '도서관 데이트'도 처음이었다. 커다란 유리병에 담긴 1000개의 종이학, 좋아하는 노래를 골라 녹음한 카세트테이프 같은 곰살맞은 선물도 처음 받아봤다. 아니, 거의 모든 게 처음, 처음, 처음.

연애는 달콤한 강물을 지나 지지부진 개울물로 졸졸 흘러가다 2년여 만에 끝났다. 그리고 그의 죽음으로 완전히 막을 내렸다. 그가 제대하기 몇 달 전 나는 이별을 통보했다. '우린 너무 다른 것 같아'라는 애매한 변명의 상투어로 사실은 다른 친구를 좋아하게 됐다는 사실을 감췄다. 실연 뒤 몹시 상심했다는 얘기가 전해져왔다. 더위가 가시지 않은 맑은 초가을, 제대를 사흘 앞두고 그는 목숨을 끊었다.

앞으로 어떻게 전개될지 모를 수많은 생의 가능성을 놔두고 싱싱한 젊음이 떠나게 만든 것은 뭐였을까. 그는 도움이 필요한 사람에게 먼저 손을 내미는 넉넉하고 든든한 청년이었지만 착한 만큼 여렸다. 군 복무 중인 자신과 달리, 자신의 갈 길을 세상 속에서 잘 찾아가는─찾아가는 것으로 보이는─친구들을 보며 조바심을 냈고, 외박을 나와 학교에 가도 예전처럼 반갑게 대하지 않는 사람들에게 서운해했다.

세상을 떠나기 전 그가 매달린 이슈는 1996년 '연대 사태'였다. 연세대에서 예정된 범민족대회에 대규모 경찰 병력이 투입됐고 학교에 모여 있던 수천 명의 학생이 고립됐다. 그는 사실

연세대에 모인 학생들의 정치 성향과 달랐고 가까운 친구들이 그곳에 갇혀 있는 것도 아니었다. 그런데도 휴가를 나와선 벌집이 된 연대 주변을 맴돌며 근심했다. 추측건대 외부와 연락이 끊긴 학생들이 겪을 고립감과 외로움, 두려움의 감정에 함께 몰입한 것이 아닌가 싶다. 우울한 시대의 우울한 영혼. 모든 것이 버거웠던 그에게 실연은 우울증의 방아쇠가 됐을 것이다.

장례식이 끝난 뒤 꿈속에서 만난 그는 슬퍼 보였다. 너무 미안해서 미안하다고 말할 수조차 없었다. 그가 영영 사라지고 난 뒤 학교생활 자체가 고통스러웠다. 친구를 잃고 아파하는 이들, 그리고 나와의 관계를 아는 이들과 마주치기가 두려웠다. 내게 책망이나 비난의 눈빛을 보낸 건 아니었지만, 안부를 묻고 흉금을 터놓기엔 우리 모두 각자 너무 아팠다. 친구 또는 선배, 후배였던 그가 그토록 힘들어할 때 곁에 있어주지 않았다는 자책감에 시달렸다. 졸업할 때까지 남들 앞에서 울지 않았다. 내가 일으킨 자동차 사고로 사람이 죽은 것과 비슷하다고 생각했다. 가해자의 애도는 가당치 않았다.

심한 충격과 스트레스를 받았지만, 이는 우울증과는 달랐다. 슬픔과 우울은 어깨를 마주하고 찾아올 때가 많지만 본질적으론 다르다. 슬픔은 이유가 있다. '나'와 '잃어버린 것/사람'을 분리할 수 있다. 그때가 언제일지 알 수 없지만, 이 슬픔이 언젠가는 다할 것을 짐작할 수 있다. 시간이 지나면 지금은 오로지 슬픔으로 꽉 차 있는 감정의 공간에 기쁨과 행복이 비집고 들어올 것을 믿는다. 슬픔은 위로하는 타인과 교류할 수 있다.

반면, 우울은 실체 없는 어떤 것이 주변을 채우고 목을 조르는 느낌이다. 의지, 목표, 흥미가 마비된다. 모든 것이 메말라 간다. 슬픔이 감정의 습지라면, 우울은 감정의 사막이다. 그것도 사하라 같은 열사의 사막이 아니라 남극 같은 동토의 사막. 우울은 귀를 막는다. 주변 사람들과 마음을 나눌 수 없다. 우울은 '셀프 감금'이다.

이 대목에서도 역시, 케이 레드필드 재미슨은 나와 통하는 점이 있다. 그는 결혼을 약속했던 사랑하는 남자가 갑자기 심장마비로 죽는 일을 겪었다. 남자가 죽은 지 한참 지나, 그는 이렇게 적었다.

"다행스럽게도 불행은 우울과는 아주 다른 것이었다. 그것은 슬프고 가슴 아픈 것이긴 하지만, 희망이 영 없지는 않았다. 데이비드의 죽음은 우울증과는 달리 나를 참을 수 없는 어둠으로 몰아넣지는 않았다. 자살할 생각이 내 머릿속을 스쳐가지도 않았다. 또한 친구, 가족, 심지어 낯선 사람들의 위문과 친절은 슬픔을 상쇄시켜주는 커다란 힘이 되었다. (…) 데이비드의 죽음이 가져온 충격은 시간이 흘러가면서 서서히 완화되다가 사라졌다. 그러나 그리운 마음은 영원히 사라지지 않았다. (…) 시간은 마침내 내게 위안을 가져다주었다. 그러나 그렇게 되기까지 얼마나 지루하고 불유쾌한 시간이 흘러가야 했던가."

그 사건으로부터 10여 년이 흐르고 나서야 내 책임이라는 생각에서 조금 비켜날 수 있었다. 슬픔 한가운데로 들어오기까지 긴 시간이 필요했다. 조울병의 파고를 두 차례 겪은 뒤였다. 사람들 사이, 존재의 틈에 대해 조금 알게 됐다. 거리감이 생겨났다. 우리의 악연이나 내 잘못 때문이 아니라 오직 그를 위해 눈물을 흘릴 수 있었다. 비로소 그의 죽음을 애도했다. 무거웠던 자책의 짐 덩어리가 녹으며 눈물에 염기를 더했다.

눈은 그쳤다가도
다시 퍼붓는다

제 4 부

우울증의   첫 방문

케이 레드필드 재미슨의 책을 읽으며 '내가 조울병이 맞구나'라고 오싹해진 대목 중 하나는, 그가 청소년기에 우울증을 겪었다는 점이었다. 조증-울증의 패턴이 본격적으로 드러나기 이전, 조울병 환자들은 십대에 우울증이 나타나는 경우가 많다고 했다. 중·고등학생 시절엔 공부하느라 너무 바빠서 우울증에 걸릴 틈이 없었던 탓인지, 우울증을 처음 만난 것은 스무 살, 대학 2학년 때였다. 뭔가 어리숙해 초등학교 입학을 일 년 미뤘던 것처럼 남들보다 항상 한 박자 늦는 '늦깎이 내 인생'은 조울병도 마찬가지였던 게 아닐까.

2001년 처음으로 조증과 짝을 이룬 울증을 겪기 7년 앞선 1994년 여름. 내 안의 어디선가 도사리고 있던 우울이 무방비 상태로 열려 있던 마음의 창문을 두드렸다. 20세기 한반도에서 최악으로 기록될 만한 폭염, 그리고 김일성이 사망한 역사적 여름이었다. 알 수 없는 피로감을 느끼고 있었다. 뭔가 뒤에서 내가 모르는 일이 벌어지는 것 같다는 모호한 두려움도 있었다. 1학년 여름방학처럼 농활도 다녀오고 동아리 모임에도 나갔다. 그러나 자꾸 기분이 가라앉았다. 다른 사람들과 있을 때 불편함, 이질감이 느껴져 자꾸만 혼자 있고 싶어졌다. 손가락 밑으로 기운이 스르르 빠져나가는 기분이었다. 1994년 7월의 어느 날, 나는 일기에 이렇게 적었다.

"까닭 없이 불안해질 때가 있다."

우울증 병력이 있는 미국의 칼럼니스트이자 변호사인 엘리자베스 워첼은 《프로작 네이션》에서 그 느낌을 이렇게 묘사했다.

"가장 무서운 것은 우울증 환자에게 그 상황에 이르게 된 전환점이 언제인지 물어보면 자신조차 그 시점을 모른다는 사실이다. 헤밍웨이의 소설 《태양은 다시 떠오른다》에서 누군가 마이크 캠벨여주인공의 약혼자로 알코올중독에 시달리다 파산한다에게 어떻게 하다가 파산 지경에 이르렀는지 묻자 그는 답한다. '그냥 어쩌다가 이렇게.'"

밤을 새우며 노트를 채우던 조증 때와 달리, 울증기엔 기록을 별로 남기지 않는다. 아무것도 하고 싶지 않고, 아무것도 할 수 없다는 느낌에 사로잡혀 버리니까. 만약 우울의 느낌과 전개 양상을 소상히 기록할 수 있다면 그건 심한 울증이 아니라는 아이러니가 성립한다. 그냥 회색과 검은색 크레파스로 도화지를 마구 칠해버린 느낌이었다. 그 안에 어떤 밑그림이 있었는지 잘 모르겠다. 처음엔 학교생활에서 뭔가가 펑크가 났을 거고, 그걸 수습하기 어려운 상황에서 또 뭔가가 터졌을 테고 그러다 보니 아예 손을 안 대려 했던 게 아닌가 싶다. 가장 견디기 힘든 건 사람들과의 만남이었다. 처음엔 강의만 듣고 사람들이 별로 없는 여학생 휴게실 같은 곳에 가서 시간을 보내곤 했다. 도서관에 가면 우연히 사람들을 만날까 두려워 가려다가도 발길을 돌렸다. 그러다 수업과 모임에 연달아 몇 번 빠지기 시작했다.

우울증 초반부 일상의 리듬이 아직 망가지지 않았을 때 두드러지는 증상은 우유부단함이다. 생각이 잘 굴러가지 않기 때문에 사소한 일도 결정하기가 어렵다. 하기 싫은데 하기는 해야겠고, 안 하겠다고 하면 남들이 나를 어떻게 볼지 모르겠고, 그렇지만 정말 하기는 싫고. 우선순위를 정하지 못하니 실행할 수 없고 그러다 보면 일이 이리저리 뒤틀린다. 그때 차라리 '이건 도저히 못 하겠다'며 포기해버리면 되는데 그런 결단도 내리기 힘들다. 만약 훌륭한 비서가 있다면 최대한 타인과의 접점을 줄여주는 역할을 대신해줄 수도 있겠으나 대부분의 사람은 그런 행운을 누리기 힘들다.

　처음으로 우울증에 휩쓸리게 된 나는 어찌할 바 몰랐다. 만약 당시 곁에 우울증을 경험한 사람이 있었다면, 공부해야 할 것이 많아 따라가기 힘든 과목은 과감히 포기하고, 주변 사람들에게도 '요즘 컨디션이 좋지 않다'고 밝힌 뒤 별 죄책감 없이 혼자 있을 시간과 공간을 만들어보라고 조언했을 것이다. 내 주변엔 나를 걱정하고 기도해준 사람은 많았다. 그러나 실무적인 조언을 해주는 사람은 없었다.

　한 달 만에 일상이 붕괴됐다. 학교도 가지 않고 시험도 보지 않고 과제도 제출하지 않았다. 당시 나는 하숙집에서 살았는데, 하숙집 주인 내외, 할머니 모두 친절했고, 그 집에 살던 다른 하숙생들도 선한 사람들이었다. 하지만 나는 그들 중 누군가 거실에 앉아 있으면 방 밖으로 나갈 수 없었다. 대화에도 끼어들 수 없었다. 오히려 그들이 좋은 사람들이었기 때문에 자책이 더했던 것 같다. 피하고 싶었지만 도망칠 곳은 내 방밖에 없었다. 될 수 있는 한 방에 가만히 누워 있었다. 어느 날 밤 너무 답답해 동네 놀이터에 가서 멍한 눈으로 앉아 있던 것이 기억난다. 신림동 고시촌에 사는 듯한 서른을 훌쩍 넘긴 것 같은 어떤 남자가 다가와 "차나 한잔 마시며 이야기하자"고 말을 걸었다. 심장이 얼어붙을 것 같았다. 이후 놀이터도 나가지 못하게 됐다.

일어나기도 힘들고 머리를 감기도, 세수하기도 힘들었다. 다른 사람들과 함께 사는 하숙집에서 마냥 혼자서 숨죽이고 지내기도 쉽지 않았다. 나는 숨 쉬지 않는 상상을 하기 시작했다. 당시 내 곁에 숨을 멎게 할 만한 유일한 도구는 '줄넘기 줄'이었다. 실제로 감행할 용기는 없었다. 누워서 줄을 목에 감았다. 스스로에 대한 미움은 몸에 검붉은 멍을 남겼다.

1994년의 우울은 엄마의 적극적인 개입으로 중단됐다. 엄마는 서울로 올라와 무작정 짐을 쌌다. 10월 26일. '불명예 귀향'이었다. 몇 달간 조용히 집에서 쉬었다. 가족의 따스한 온기에 상태가 많이 회복됐다. 당시엔 부모님도 나도 젊은 시절에 찾아올 만한 정신적 방황이라고 받아들였다. 서울에서 혼자 지내느라 외롭고 힘들었으므로, 그래서 어느 정도 자연스러운 일이라고. 이듬해 3월 복학했다. 대학생에게 휴학, 복학은 그리 유별난 일이 아니었기에 다시 일상에 섞여들기 어렵지 않았다. 그러나 1994년의 끔찍했던 우울의 경험은 짙은 두려움으로 남았다. 2001년 조울병을 앓으면서 조울의 패턴을 알게 됐다. 그럼에도 아는 것과 겪는 것은 늘 다르다. 내가 고통의 견적을 정확하게 파악한다고 하더라도, 고통의 주인은 고통이다.

조증은 우울의 / 꼬리가 길다

운이 좋았다.

후일 내 삶에 대한 총평이 이러하면 좋겠다. 난 사실, 운이 좋다. 가끔씩 불행하긴 했지만, 행운의 파도도 여러 번 밀려왔다. 1997년 늦가을 신문사에 입사했다. 진짜, 행운이었다. 한 달 뒤 한국 정부는 국제통화기금에 구제금융을 신청했다. 많은 사람이 해고됐다. 수습을 해고한 신문사도 있었다. 만약 채용 절차가 한 달만 늦었다면, 졸업 뒤 '최소한의 밥벌이'를 할 방편을 찾기 위해 고심했을 것이다. 아니면 대학원에 입학해 사회과학의 생쌀을 씹다가 소화불량에 걸렸을지도. 비록 월급은 적었지만 아버지는 '야, 100만 원이면 먹고 산다'는 말로 격려했다 기자의 세계에 입문했다. 그것도 내가 강력하게 원했던 〈한겨레신문〉 기자였다.

대학을 다니는 내내 '내 자리'를 찾을 수 없었는데, 이 회사는 마치 신입사원들을 환대하기 위한 조직처럼 조직화된 듯했다. 선배들이 베푸는 밥자리, 술자리가 한 달 넘게 이어졌다. 행복했다. 그런데 좀 이상한 점이 있었다. 기쁨과 행복감이 평소보다 좀 과했다. 더욱 희한한 것은 슬픔과 회한이 동시에 폭발한 점이었다. 일 년 전 남자 친구의 죽음이 새삼 슬퍼졌다. 기쁨과 슬픔은 너무 생생하게 뒤섞여 있었고, 파장이 짧고 격렬했다. 회사에서 만난 사람들은 이전의 나를 알지 못하는 사람들이었기 때문에 심하게 티가 나진 않았다. 그러나 돌이켜보면 감정의 과잉, 직접적이고 공격적인 발언 등이 있었던 것 같다. 감정을 주체하기 힘들어서 알게 된 지 얼마 안 되는 사람에게도 갑자기 속내를 털어놓아 당황스러워하는 이들도 있었다. 그것이 경조증이란 건 나중에 4년 뒤 '진짜' 조증을 앓고 나서야 알게 됐다.

'조울병 의사가 들려주는 조울병 이야기'란 부제를 달고 있는 《나는 당신이 살았으면 좋겠습니다》에서도 이와 비슷한 경험이 실려 있다. 저자 안경희는 경영학과를 졸업하고 대기업에 다니던 중 주변 사람들의 뜻하지 않은 자살 소식을 접하면서 정신과 의사가 되고 싶다는 소망을 품게 됐다. 막연했던 꿈은 점차 강렬해졌고, 남편의 응원을 받으며 의학전문대학원에 응시해 늦깎이 의학도가 됐다. 과중한 학습량에 스트레스를 받으면서도 포기하지 않고 공부한 결과 수련의 과정에 들어갔다. 마침내 꿈에 닿게 됐다는 기쁜 마음은 당연했는데, 좀 과도했다. 과로에도 피곤을 느끼지 않았다. 의욕이 왕성했고 흥분 상태가 계속됐다. 별일 아닌데도 분통을 터뜨리고 적대적인 반응을 보이기도 했다. 정신과 의사를 목표로 삼고 공부했던 그조차도 자신이 조증임을 깨닫지 못했다. 그는 나중에 조울병 진단을 받은 뒤에야 수련의 시절 경조증을 앓았음을 알게 된다.

조울병 환자들은 청소년기에 우울증을 앓고, 20~30대엔 강도가 약한 경조증을 경험하는 사람이 많다. 이런 증상에 이어 파고 높은 조울병이 찾아온다. 나 역시 1994년 중증의 우울, 1997년 경조증, 그리고 2001년 중증 조울병의 순서를 겪었다. 경조증의 거품은 두 달 가까이 부풀어오르다 스르르 꺼져갔다. 스트레스를 받는다고 해서 조울병이 발병하는 건 아니지만, 조울병 환자들이 상대적으로 스트레스에 취약한 것은 맞다. 신체적으로 고단하고 지속적으로 강한 스트레스가 이어지는 수습 기자 생활이 시작되자 경조증의 에너지가 더 이상 공급되지 않았다.

20세기만 하더라도 수습기자는 전문직 가운데 가장 육체적으로 힘든 직업 중 하나였다. 새벽 한두 시까지 경찰서를 돌아다니며 사건사고를 챙겼고, 경찰서의 더러운 기자실에서 서너 시간 눈을 붙였다가 새벽 5시에 일어나 다시 경찰서를 돌았다. 어린 여기자를 흥밋거리로 생각하는 경찰들, 능력을 의심스러워하는 취재원들, 아이디어가 고갈돼 발제거리가 없어 쩔쩔매는 상황, 지속적인 피로, 집에 들어가지 못하고 이곳저곳 떠돌며 수면을 취하는 불안정한 생활 등등. 그리고 '수습은 굴려야 한다'를 철칙으로 알고 일부러 냉담하고 까칠한 태도로 과한 지시를 내리는 선배 기자들에게 상처도 많이 받았다. 요즘 수습기자들은 집에서 출퇴근하고 혹사당하는 강도가 덜해졌다고 들었으나 기자란 직업 자체가 터프한 일임이 틀림없다. 심신이 건강한 사람도 지치지 않고 견뎌내기엔 쉽지 않은 일이다.

경조증이 끝나자 우울증이 시작됐다. 두 달 정도 경험한 황홀한 느낌에 대한 대가를 치러야 했다. 다리에 쥐가 나듯 불안이 온몸에 돋아났다. 때때로 피로와 무력감에 휩싸여 기자실에 시체처럼 누워 있노라면, 과연 이 일을 계속할 수 있을지 의문이 들었다.

그러나 예전에 한 번 우울증을 겪어본 데다 직장인은 돈 내고 공부하는 학생과 신분이 달라 멋대로 일을 째는 무책임한 행동은 하지 않으므로 꾸역꾸역 일했다. 암울함 속에서도 예전처럼 울증이 지나갈 거라는 기대를 품고 기다렸다. 정신적인 문제를 상담해주는 곳에 전화를 걸어 증상을 호소하거나, 간단한 상담 봉사를 하는 의사를 찾아가기도 했다. 그러나 정신과 의사를 정식으로 찾아가진 않았다. 그저 취약한 심리를 지닌 내가 기자라는 험한 직업에 적응하려면 어쩔 수 없이 견뎌야 하는 고난의 과정이라고 생각했다.

만약 내가 경조증을 겪지 않았더라면, 조금 더 안정적으로 일했을 것이다. 아니, 오히려 만약 조증이 계속되기만 했더라면 '우수한' 수습생활을 했을 것이다. 조증이 계속 불타오를 수만 있다면 왜 그걸 병이라 하겠는가. 그저 에너지가 넘치고 의욕적인 사람일 뿐일 텐데! '경'하다고 해도 경조증 역시 우울의 꼬리를 길게 남긴다. 두 달간의 축제 같은 조증을 겪고, 6~8개월가량 울증을 겪었다.

나중에 이 시기의 경조증과 울증의 실체를 알게 되자, 두 가지 모순되는 감정을 느꼈다. 이 병에 완전히 사로잡혔다는 절망감과 불안감이 한 축이었다면, 이 시기에 일어난(또는 일으킨) 크고 작은 사건이 왜 벌어졌는지 논리적으로 설명할 수 있다는 안도감이 또 다른 축이었다. 난 아팠던 것이다. 내 잘못과 부주의로 벌어진 일이라고 하더라도 내가 다 책임져야 하는 건 아니다. 그 반대도 가능하다. 내 책임이 아닌데 왜 이런 일이 내게 벌어졌는지 그 의미와 이유에 대해 우리는 알 수 없다. 다만, 세상엔 어떤 일이든지 일어날 수 있으며 나 역시 예외가 아니라는 것은 분명하다. 불운이 피해가지 않는다면 어쩔 수 없이 불행을 겪어야 한다.

불행에 물음표를 찍거나 저항하지 않고, 인정하고 받아들이는 것은 어려운 일이다. 그러나 이는 진실의 중요한 조각이다. 조울병을 그냥 내 부분으로 받아들이기까지 시간이 오래 걸렸다. 사실 지금도 자유롭지 않다. 약과 상담으로 단단히 죄어오는 조울병의 고삐가 언제 풀릴지 몰라 두렵다. 그래도 나는 운이 좋다. 짜고 달고 쓰고 매운 맛을 봤다. 때론 비릿함에 몸서리치기도 했다. 내 인생은 간이 잘 맞는다.

의사에게 '졸업장'을 받다

1994년 우울증–1997년 경조증–2001년 조증을 거친 뒤 2003년 봄 의사로부터 '졸업장'을 받았다. 이젠 약을 먹지 않아도 된다고 했다. 2001년 여름부터 시작됐으니 20개월 남짓 약물치료를 받은 것이다. 하지만 의사는 조건을 달았다. 조울병에 '완쾌'란 없다. 언제라도 문제가 생기면 다시 병원에 와야 한다.

더 이상 병원을 가지 않아도 됐을 무렵엔 어느 정도 안정적인 일상의 궤도에 올라 있었다. 우울증 약으로 급격하게 불어났던 체중도 얼추 이전 수준으로 돌아왔고 감정의 변화도 별로 겪지 않았다. 아마도 조증 이후 찾아온 지루한 우울기에 의사의 지시대로 규칙적으로 약을 먹으면서 생기가 사라진 일상을 반복

체념 상태로 받아들였던 덕분이 아닐까 싶다.

다만 기자라는 극한 직업이 조울병 환자에게 맞지 않는다는 생각이 꼬리를 물었다. 이대로 계속 신문사에 다녀도 되는 걸까. 취재원들을 만나는 것, 사람들과 부대끼는 것은 엄청난 에너지를 요하는 힘겨운 일인데 내가 계속할 수 있을까. 일을 적극적으로 야무지게 해낼 수 없다면 신문사와 동료들에게 민폐가 될 텐데.

직업을 바꿔보려고 대학원에 입학했다. 그것도 '조경가'라는 생소한 직업. 그동안 했던 공부나 커리어하곤 연결이 되지 않았으나 공간을 만드는 사람이 되고 싶었다. 건축학과는 영 자신이 없었지만 자연 속에서 나무와 꽃을 소재 삼아 디자인하는 일은 할 수 있을 것 같았다. 정신건강에도 좋을 것 같았다. 물론 잘못 생각한 거였다. 헤르만 헤세가 정원을 가꾸거나 박경리 선생이 채마밭을 돌보는 것과 선유도공원을 설계하는 것은 다른 일이다. 서른은 늦은 나이이기도 하지만 아직 가능성이 무궁무진하지 않은가. 삼십 대 중반이면 기자 아니라 다른 뭔가가 되어 있을 수도 있다!

입시 요강을 보니 설계나 디자인 관련 포트폴리오가 필요하다고 해서 당시 홍대 앞에 몰려 있던 미술학원들의 문을 두

드렸다. 조경학과 대학원 입시 준비를 도와준 경험자가 없어 모두 설레설레 고개를 저었다. 다행히 '높이 나는 새'라는 이상이 높은 이름을 지닌 미술학원 한 곳이 받아줬다. 두 달가량 퇴근 뒤 '높이 나는 새'에서 자정까지 그림을 그렸다. 원근법도 제대로 이해하지 못한 상태였다. 그림을 그리다 귀가하고 그 다음 날 학원에 가보면 그림이 멋지게 변해 있었다. 나의 비루한 그림 실력을 안타까워하던 선생님이 내가 집에 간 사이 수정을 해준 거였다. 면접장에서 대학원 교수들은 머리를 갸웃거리며 왜 신문사를 그만두고 조경을 공부하려는 거냐고 물었다. "뉴욕 센트럴 파크를 설계한 옴스테드도 신문사 기자였다"고 대범하게 답했다.

이번에도 운이 좋았다. 미달이었다. 조경학과 대학원에 합격하면서 신문사에 사표를 낼 작정이었다. 그런데 몇몇 선배가 간곡하게 말렸다. 지금까지 네 경력과 전혀 다른 일이므로, 일단 맛보기를 한 뒤에 결정해도 늦지 않으니 당분간 회사와 학교를 병행하라는 충고였다. 아, 이 팔랑이! 조언이 합리적으로 들려 솔깃해졌다.

조경가란 꿈의 무모함은 곧 판명됐다. 설계는 마음먹는다고 할 수 있는 일이 아니었다. 재능과 집중적인 교육이 필요했다.

서른 살에 회사를 다니면서 할 수 있는 공부가 아니었다. 운이 좋아서 학교에 입학했고 교수님과 동기들의 도움으로 어찌어 찌하다 보니 또 운 좋게 졸업했다. 학위를 받으며 대학원의 마침표를 찍었다. 이후 내 인생은 조경과 상관없이 전개됐다. 시간이 지나며 컨디션이 회복돼 기자 일도 다시 할 만했으므로 그냥 회사에 다녔다. 괜찮은 시절이었다.

　　2001년 여름 입원해서 집중적인 치료를 받았고 2003년 봄까지 빠지지 않고 약을 먹었으니 나는 '조울병 감옥'의 '모범수'라 할 만했다. 일 년 반 넘게 꾸준히 치료를 받은 끝에 의사에게 투약 종료 인증까지 받았으니 말이다. 조울병은 격동의 20대에 벌어진 일회성 사건으로, 입원 사실은 청춘의 상흔 같은 것으로 여겨졌다. 특히 유별난 사춘기를 겪는 사람들이 있지 않던가. 위기는 넘기면 과거가 된다. 교훈을 이마에 새길지언정 무릎을 꿇을 순 없는 일 아닌가. "상태가 다시 안 좋아지면 꼭 병원에 와야 한다"는 의사의 말은 '가석방'을 암시하고 있었으나 스스로 기결수라고 생각했고 '정상 시민'의 일원으로 복귀했다고 믿었다.

　　때로 폐쇄병동 복도에 붙어 있던 황동규 시인의 시 〈즐거운 편지〉를 떠올리면서 감상에 젖기도 했다. 병실이 갑갑하고 잠이 안 와 괴로운 밤, 희미한 조명 아래 그 시를 노트에 적으며 나를 기다리는 사람들이 있을 바깥의 세상을 상상하곤 했다.

"(…) 내 사랑도 어디쯤에선 반드시 그칠 것을 믿는다. 다만 그때 내 기다림의 자세를 생각하는 것뿐이다. 그동안에 눈이 그치고 꽃이 피어나고 잎이 떨어지고 또 눈이 퍼붓고 할 것을 믿는다."

몇 년 만에 찾아온 안온한 기분 때문이었을까, 이 시를 적으면서도 또다시 눈 폭풍이 찾아오리란 건 예상하지 못했다.

재발,

완
쾌
란
없
다

눈은 그쳤다가도 다시 퍼붓는다. 꽃이 폈는가 하면 잎이 떨어진다. 조울병은 완치되는 병이 아니었다. 2006년 봄 다시 조증이 꿈틀대기 시작했다. 통상적으로 조울병은 계절의 영향을 많이 받는다고 한다. 움츠러들었던 겨울을 통과하고 새봄이 오는 기쁨에 몸과 마음의 에너지가 가득 차오르는 탓일까. 조증은 봄에 발병하는 경우가 많다. 나 역시 조증일 때는 모두 봄이었다. 그래서 2001년 조울병을 앓은 이후엔 아름다운 봄은 두려운 계절이었다.

당시 조증 재발엔 여러 가지 배경이 있었다. 업무량이 매우 많았다. 업무에서 일부 성과를 거두자 지나치게 일에 집중하는 경향이 심해졌다. 연애도 잘 안 풀렸고, 동생이 결혼하면서 혼자 살게 되었다. 환경의 변화가 생기면서 감정이 다시 달뜨기 시작했다.

바로 병원에 갔지만 효과적으로 차단하지 못했다. 병원을 찾은 시점이 좀 늦었을 수도 있고, 또 약이 잘 맞지 않았을 수도 있다. 이번 조증은 확실히 진전 속도가 빨랐다. 마치 길이 나면 자동차들이 빨리 달리는 것처럼 이전에 조증을 경험한 뇌는 다시 찾아온 조증에 자연스럽고 익숙한 태도로 질주를 허락한 듯했다. 조증이 주는 환희를 즐기기보다는 두려웠다. 병을 명확히 인식했음에도 달아날 수 없었다.

당시 2006년 5월의 일기엔 조울병에 또다시 포획된 것에 대한 깊은 절망감이 담겨 있다.

"다시 독선의 기로에 섰다. ① 말이 많아졌다. ② 공격적이다. 남들에게 핀잔을 준다. ③ 분위기를 안 맞춘다. ④ 사람 평가에 대한 관심이 지나치다. ⑤ 부분적으로 말과 행동이 심하게 빨라진다."

"이제는 고통의 저편으로 걸어가고 싶다. 기억들을 서랍 속에 넣고 열쇠가 없는 자물쇠로 걸어 닫고 길을 떠나고 싶다. 그러면 나를 아프게 한 사람들의 얼굴에서 과거의 어떤 그림자도 만나지 않을 것이다."

조증이 한창 달아오르던 때는 집 밖으로 나가기가 두려웠다. 낯선 사람들의 얼굴을 보기가 힘들어서였다. 조증기엔 감각이 예민해져서 훨씬 많은 정보를 받아들인다. 이 정보는 재빠르게 연상 작용을 일으키며 새로운 의미를 만들어낸다. 순식간에 번쩍.

집 앞에서 어떤 할머니를 만났던 일이 떠오른다. 모르는 분이었고 그저 내 앞을 지나쳤는데, 순간 할머니 표정이 슬퍼 보였다. 어찌된 일인지, 나는 그가 딸과 함께 살고 있다는 것을 이미 알고 있다는 생각이 들었다. '오늘 아침 딸이 엄마에게 면박을 줬구나, 저 할머니는 늙은 게 죄라고 생각하며 서글펐겠구나.' 겨우 몇 초 동안 낯선 할머니를 보면서 공감과 연민이 폭발했다. 눈물까지 흘렸다. 그러다 퍼뜩 정신을 차렸다. '아, 그런데 내가 저 할머니가 딸과 함께 사는지 어떻게 알지? 내가 맞나? 물어볼까?'

2001년이었다면 난 아마 할머니를 붙잡고 이렇게 물어봤을 거다. "할머니, 따님하고 오늘 싸우셨어요?"

내게 주어진 정보는 오직 할머니의 차림새뿐이었다. 옷매무새가 단정했고 그래서 딸이 함께 살며 챙겨주지 않을까 하는 추측을 잠깐 했었다. 근심스러운 얼굴과 정갈한 옷차림을 보면서

'딸하고 싸웠나?' 생각했던 거다. 그런데 이런 생각들이 연이어 달리며 삽시간에 내가 이미 알고 있는 사실처럼 만들어버렸다. 이 할머니만이 아니었다. 걱정, 근심이 담긴 얼굴을 길에서 마주칠 때면 나는 그 이유를 알고 있는 것 같았다. 타인의 고통에 대한 근거 없는 무차별적 공감. 피곤했다. 그리고 두려웠다. 만약 길을 지나는데 누군가 다가와 "아이가 성적이 떨어졌나요?" 하고 묻는다면 어떤 생각이 들까? 우리는 그런 사람들을 '미쳤다'고 하지 않는가. 이런 상태가 계속되면 진짜 미칠 것 같았다. 너무 무서워서 거리에 나서면 사람들의 얼굴을 피하며 발끝만 보고 걸었다.

이런 경험을 하고 나니 광인이 보이는 기이한 행동을 이해할 듯도 했다. 언젠가 '시계 알람소리에서 부인의 목소리가 들린다고 주장하는 남자'의 일화를 읽은 적이 있다. 그 남자가 왜 그리됐는지 몇 가지 개연성 있는 시나리오를 생각해본다. 그는 부인과 사별했을 수 있다. 부인이 죽기 전 매일 아침 그를 깨웠을지도. 그래서 시계 알람과 부인을 동일시한 게 아닐까. 어쩌면 그는 부인이란 존재를 한 번도 가져본 적이 없을 가능성도 있다. 본인은 그런 경험이 없지만 책이나 영화 같은 걸 보면서 남편을 깨우는 건 부인의 몫이라고 생각해왔기 때문에 그런 망상에 빠졌을 수도 있다. 또는 부인 잔소리와 듣기 싫은 알람의 소음과 비슷하다고 생각했을 수도 있다. 아무튼 광인은 자기 나름의 경험과 논리를 통해 망상의 실마리를 발견했으며 그 속에 빠져들었을 거다. 정상인과 광인의 경계를 잠시 엿봤던 나는 '정상'이라는 사람들의 삶에도 얼마든지 광기가 스며들 수 있다고 생각한다.

2006년 재발한 경조증은 다시 울증으로 넘어갔다. 이전의 경험을 바탕으로 약물의 도움을 받아 일상을 유지하며 회사를 계속 다닐 순 있었지만 그야말로 '겨우겨우'였다. 게다가 회사에서 과중한 업무를 맡고 있었다. 우울증 특유의 정신 산만, 부주의, 둔감함은 업무 쪽으로 보자면 '무능'의 동의어와도 같다. 무력감에 치여서, 또 실제로 무능해서, 하루하루가 숨이 막혔다. 남들은 내가 회사에서 '중요한 업무'를 맡았다는 사실을 거론하며 공공연히 칭찬하듯 얘기했으나, 그 일을 제대로 수행할 심신의 에너지가 부족한 나로선 괴로운 일이었다. 그렇다고 조울병 때문에 도저히 못하겠다고 말할 순 없었다. 게다가 나는 '여기자로서 드물게 중요한 직책을 맡은 상황이었기 때문에 도중에 못하겠다고 넘어지면 후배 여기자들에게 두고두고 안 좋은 영향을 미칠 것 같았다. 중간에 포기한다면 남자들이 "거 봐라, 여자에게 중요한 일을 맡기는 것은 무리"라고 뒤에서 수군 댈 게 뻔했다.

무기력감 때문에 동료들과 이야기하는 것도, 취재원과 만나는 것도 힘들었다. 우울증 특유의 우유부단으로 인해 선배의 신임을 얻지 못했고 후배에게 똑부러지는 능력 있는 모습도 보이지 못했다. 하루하루 출근이 고역이었고 퇴근할 때가 되면 안도의 한숨을 내쉬었다. 노동 시간은 길고 휴식은 짧았다. 하루에도 몇 번씩 10층 사무실 복도에 서서 멍하니 창밖을 바라봤다. 뛰어내리고 싶다고 생각하면서. 몇 날 며칠을 그렇게 생각하다가, 어느 순간 한 가닥 남아 있는 이성의 빛이 반짝였다. '정 못 살겠으면 회사를 그만두면 되지, 왜 죽나?' 게다가 창문은 투신하기엔 너무 작았다. '창틀에 몸이 끼어 버둥거릴 순 없지.'

나는 이 시기를 '흑역사'라고 부른다. 좀 더 업무를 잘 해내지 못했다는 게 아쉽다. 더 일을 잘할 사람이 내 자리를 맡았더라면 지면이 더 좋아졌을지 모르겠다. 다만 개인적 차원에선, 중도 포기하지 않았다는 데 의미를 둔다. 그해 가을과 겨울 내내 기나긴 울증의 터널을 지나며 어서 이 고통이 지나가기만을 바랐다. 보통 내가 맡았던 업무는 일 년 남짓 맡는 게 관례였지만 정기 인사 발령에 묻어 5개월 뒤 다른 부서로 옮겼다.

만약 지금 나와 비슷한 경험을 하는 누군가가 상담을 요청한다면 뭐라고 얘기할 수 있을지 모르겠다. 상사에게 정확한 상태를 알리고 힘겨운 업무에서 벗어나라고 할까? 아니면 나처럼 먼저 그만두겠다는 말을 하지 않고 '잘릴 때까지' 그 자리에 있으라고 할까?

아직도 정답이 무엇인지 모르겠다. 다만, 내게 조증을 호소하는 이가 있다면 이렇게 말할 거다. 의사를 찾아가라. 술을 마시지 말아라. 사람과의 접촉면을 줄여라. 잘 안 되겠지만 혼자서 빈둥대라. 울증 환자에겐 이런 조언을 할 거다. 의사를 찾아가라. 아깝더라도 업무량을 줄여라. 산책하라. 스스로 먹을 음식을 천천히 준비하라. 조증이든 울증이든 핵심은 이거다. 괴로우면 의사를 찾아가라.

우리는
돈을 내고 운다

제 5 부

의사 찾아 삼만리

2003년 의사로부터 '병원 졸업증'을 받은 뒤에도 내면을 정비할 필요성이 있다고 생각했다. 심리상담사를 찾아봤다. 어릴 적 이야기, 부모 등 가족과의 관계, 현재 겪고 있는 심리적 곤경의 양상, 연애와 관련한 갈등과 결혼에 대한 회의감 등 다양한 주제로 얘기를 나눴다. 병원에 입원해 있으면서 의사와 이런 얘기는 많이 했기 때문에 새롭거나 의미가 풍성한 경험은 아니었다. 그러나 자신의 상황을 객관화해보는 데 도움을 받았다.

2006년 조울병이 재발하자 의사부터 알아봤다. 심리상담이 아니라 약을 줄 사람이 필요해서였다. 조증이 꼭짓점을 향해 가고 있을 때였다. 먼저 5년 전 입원한 병원의 레지던트였던 의사를 수소문했다. 한 소도시의 병원에서 일하고 있다고 했다. 그는 여전히 내게 호의적이었고 진실한 눈빛으로 대했다. 진심으로 재발을 염려해줬다. 증상을 귀 기울여 자세히 들었고 약도 처방했다. 그런데 그가 가장 오랜 시간 힘주어 강조한 것은 종교를 통한 치유였다. 독실한 기독교 신자였던 그는 나부끼는 환자의 마음에 안식을 주고 어지러운 생활을 정돈할 방법은 종교라고 굳게 믿고 있었다. 그가 일하는 병원이 서울에서 멀리 떨어져 있었고 또 종교로 환자를 설득하려는 데 반감이 일었기 때문에 자연스럽게 발을 끊었다.

조증이 가파르게 지나간 직후 우울의 얼룩이 온몸에서 끈적이기 시작했다. 언론에 자주 오르내리는 유명한 의사에게 연락했다. 그는 직장인의 우울에 대해 몇몇 매체에 칼럼을 썼고 여러 인터뷰에 등장했다. 이전에 취재하느라 전화로 몇 번 코멘트를 요청한 적이 있었는데 매번 적극적이고 명쾌하게 설명을 해줬던 의사였다. 뵙고 싶다고 했더니 흔쾌히 응했다.

기자로서의 용무인지, 환자로서 문제인지 사전에 명확하게 밝히지 않았던 것은 내 실수였다. 환자로서 찾아왔다고 했더니 바로 반응이 달라졌다. '언론계 종사자'에게 반응했던 호의적인 제스처가 금방 사라졌다. 의사와 환자 사이엔 거리가 필요하니까, 그럴 수도 있다고 생각한다.

나는 그 의사에게 몇 년 전 조울병으로 확진을 받았으며, 입원과 그간의 치료 과정, 최근의 증상에 대해 설명했다. 조울병의 재발은 분명해 보였다. 병명이 명확해서였을까. 그는 내가 현재 겪고 있는 괴로움에 대해선 큰 관심을 두지 않는 듯 보였다.

"재발했으니 약을 먹어야겠네요."

"예전에 ○○라는 약을 먹었어요."

"그럼 ○○로 처방하겠습니다."

너무 간단했다. 실망스러웠다. 그럼에도 뾰족한 대안이 없었기 때문에 정기적으로 병원에 갔고 약을 처방받았다.

그렇게 두 달 정도 흘렀다. 울증임을 잘 알면서도 줄곧 스스로의 무능을 자책하던 와중에 치매를 의심하기 시작했다. 건망증, 무력증에 시달리다가 "업무 효율성이 너무 떨어진다. 혹 치매일 가능성도 있으니 검사를 해보고 싶다"고 말했더니, 의사는 선선한 태도로 검사를 받으라고 했다. 운동 반응 검사, 암기력 테스트 등 여러 복잡한 검사를 거쳤다. '치매 아님'이라는 결과가 나왔다. 다행이었다. 내가 받았던 치매 테스트는 수십만 원이 드는 값비싼 검사였다. 의사는 내가 진짜 그 검사를 받아야 할 필요가 있다고 판단했는지, 아니면 심리적 위안 차원에서 받으라고 했던 건지, '비싸고 권위 있는' 검사를 받은 뒤 치매가 아니라는 판정을 받고 나면 내가 더 이상 치매를 의심하지 않고 우울증 치료에 집중할 수 있을 거라고 판단했는지는 모르겠다. 스스로 치매 검사를 요청했지만 이를 계기로 의사에 대한 불신만 더 깊어졌다.

또 한 차례 조울병의 궤도에 휩쓸린 뒤 그냥 버티며 사는 날들이 이어졌다. 꼬박꼬박 약을 먹고 정기적으로 진료를 받으면서 일상의 무표정을 그냥 받아들였다. 어차피 약만 받아올 거라 생각했기에 별 기대가 없었다. 2007년 2월 우연히 다른 의사를 만나기까지는, 의사는 환자의 회복에 필수적 역할치료약 처방이긴 하지만 치유를 도와줄 사람이라고는 생각하지 않았다. 그건 환자의 몫이자 운이라고만 생각했다.

의사에게

실망하더라도

　정신과 의사를 만나러 온 환자들은 예민한 경우가 많다. 일단 병식이 없으므로 자신의 병명을 받아들이는 데 저항하면서 의사를 공격적으로 대한다. 기대 수준이 높은 환자도 많다. 나 또한 미디어에 많이 노출된 유명한 의사를 찾아갈 때 기대가 있었다. 의사가 빨리 고통을 덜어줄 좋은 약을 처방해주길 바라고, 무엇보다 공감해주기를 바랐다. 그러나 환자들의 요구 수준에 맞출 수 있는 전지전능한 의사는 없다. 의사에게 초인적인 인내심을 기대하는 것도 온당치 않다.

　그럼에도 '마음의 감기'에서부터 중증의 병리적 상태에 있는 환자들까지 정신과 문을 두드린 많은 환자가 실망하고 돌아선다. 의사를 규칙적으로 찾지 않거나 의사의 지시에 따른 투약을 거부하는, 그러다가 더 심한 상태에 놓이는 악순환이 벌어진다. 깊은 우울증을 앓던 한 유명 아이돌이 "지금껏 버틴 게 용하지/정말 고생했어"라는 말과 함께 의사에 대한 짙은 아쉬움을 담은 유서를 남기고 떠났을 때 정신과에서 많은 환자가 느꼈을 좌절감을 짐작해본다.

내 경험을 토대로, 환자들이 정신과 병원을 찾아 실망하는 이유를 생각해보면 대체로 성의 있는 의료 서비스를 받지 못한다는 느낌 때문일 것이다. 주변 사람들 중 정신과 치료를 시도한 이들이 여럿 있었는데, 이들 대부분은 의사의 태도를 못 미더워했다. 의사들이 귀 기울여 자기 얘기를 들어줄 거라고 기대했는데 그렇지 않았다는 거다. 일단 병명이 밝혀지고 투약 치료에 들어가면 의사와의 대면 상담은 더욱 소홀해진다. 몇 분 동안 근황과 상태를 묻는 얘기를 나누고 약을 처방받아 돌아가는 경우가 많다. 대부분의 물음은 이렇다. "잠을 잘 주무시나요? 약을 잘 챙겨드십니까? 특별히 불편하신 건 없으셨어요?"

잠을 잘 자는 것은 정신과 치료를 받는 환자에겐 아주 핵심적인 진단 기준이다. 규칙적인 약물 복용 역시 환자가 노력해야 할 중요한 대목이기 때문에 의사가 이를 확인하는 것은 꼭 필요하다. 하지만 이런 정도의 얘기만 나누고 처방을 받으면서 '특진비'까지 내는 것은 아깝기도 하다. 의사들이 과연 환자의 고통을 이해하고 있는 건지 근본적 불신도 있다.

한국만의 문제는 아니다. 정신과 치료가 한국보다 더 발달했다는 선진국 사정도 크게 다르지 않은 것 같다. 우울증 환자이자 변호사인 미국인 엘리자베스 워첼이 쓴《프로작 네이션》을 봐도 그렇다.

"1993년 랜드연구소에 따르면 의사들의 절반 이상이 우울증 환자와 3분도 채 안 되는 시간 동안 대화를 나눈 뒤 처방전을 써준다고 한다. 가끔 나는 자신의 약리학적인 권리를 너무도 안이하게 남용하는 의사들의 행태에 분노를 느낀다."

의사 입장도 이해가 된다. 한국의 종합병원 정신과를 가면, 의사 한 명이 하루에 수십 명의 환자를 진료해야 한다. 환자 한 명에 30여 분 이상 시간을 쏟기는 무리다. 또한 요즘 정신과 치료에선 정신분석보다 약물치료를 더 중요하게 여긴다. 환자의 말에 성의 있게 응대하기보다는 증상에 잘 맞는 좋은 약을 주는 편이 환자에게 더 도움이 될지도 모른다.

환자가 의사에게 모든 것을 털어놓다 보면 심리적 고착감을 가질 수 있다. 거리 조절 실패로 환자와 의사가 부적절한 관계를 맺거나 이로 인해 환자 병세가 악화되는 사례도 있다. 환자와 일정하게 거리를 두는 것은 의료인의 의무감 때문이기도 할 터이다. 그러나 환자들은 배려와 윤리에 기반한 거리 조절이 아니라, 자신이 '열등한 대상'으로서 '타자화'된다는 느낌을 받을 때가 있다.

　　2006년 울증기에 병원을 찾아갔을 때다. 의사와 면담을 하고 병명을 확인받은 뒤 몇 가지 정신진단검사를 받았다. 처음 받는 검사가 아니어서 익숙한 문항이었다. 질문지에 답을 쓰고 있는데 바로 옆에서 아마도 인턴이 나를 관찰하고, 그 결과를 적고 있었다. '화장기 없는 얼굴, 무표정'이라고 적은 글이 눈에 들어왔다. 남들의 눈에 내 몰골이 어떻게 보이는지 짐작이 갔다. 부끄러웠다. 얼굴이 화끈거렸다. 단순한 관찰 내용을 적은 것이지만, 이는 초음파 검사를 하면서 '간에 종양이 보여요' 등을 진단하는 것과는 차원이 다르다. 인턴이 부주의해 우연히 관찰 기록을 보게 된 경우이지만, 이후 어쩌다 주치의와 일정이 맞지 않아 불가피하게 다른 의사를 만났을 때 '모멸감'에 육박하는 감정을 느낀 적이 있다. 어차피 자신의 담당 환자가 아니라서 그랬는지 모르겠지만, 그는 너무 차가웠다. 잠 잘 자는지 묻고 기존의 약을 처방했다. 소름 끼치는 건 마치 환자와 눈을 3초 이상 마주치면 조울병 바이러스가 침투라도 할 듯한 냉랭한 태도였다. 3분도 되지 않는 짧은 진료 시간이었는데, 환자가 아니라 열등한 인간으로서 하대받는 기분이었다.

만약 의사가 가능한 모든 환자에 공감하려고 시도한다면, 그 무지막지한 감정노동을 도저히 체력적으로 견뎌낼 수 없을 것이다. 의사와 정서적 교감을 나누는 것이 환자에게 반드시 도움이 된다는 보장도 없다. 내 경험으로 보자면, 무조건적인 이해와 공감을 해주기보다는 상황에 대한 객관적인 정보를 정확하게 인지하도록 도와주는 게 더 중요하기도 하다. 그러나 사리를 구별할 수 있는 상태의 환자에게 인간적 좌절감을 느끼게 해선 안 된다.

요즘 많은 정신과 의사가 신문, 방송, 출판 등 여러 미디어를 통해 '심리 전문가'로서 대중과 만난다. 심리란 일종의 '뇌의 사용 습관'이라고 생각한다. 정신과 의사들이 뇌에 대한 전문지식을 이용해 뇌를 올바르게 사용하는 매뉴얼을 가르치는 것은 의미 있는 일이다. 우울증을 심각한 정신질환으로 바라보기보다는 '마음의 감기'라며 대중이 편안한 마음으로 병원에 올 수 있도록 설득하는 작업도 필요하다. 정신질환에 대한 편견을 낮춤으로써 약간의 의학적 도움만 받는다면 행복한 일상을 영위할 수 있음을 알리는 것도 필요하다. 하지만 '심리 전문가'로서의 떠들썩한 명성보다는 역시 진심이 통하는 의사가 환자에겐 더 좋다. 미디어에서 각광받는 의사들에게 기대를 품고 진료를 받으러 갔다가 실망하고 돌아왔다는 사람을 여럿 봤다.

개인마다 성향이 다르기 때문에 자신에게 잘 맞는 의사도 다 다를 것이다. 내게 좋은 의사가 다른 환자들에게도 만족감을 줄지 장담할 수 없고, 내게 잘 안 맞는 의사가 다른 환자들에겐 좋은 의사일 수 있다. '환우'의 입장에서 꼭 말하고 싶다. 의사에게 실망했더라도 치료를 포기하지 말고 다시 용기를 내어 다른 의사를 찾아보라고.

우리는 돈을 내고 / 운다

겨울이 거의 끝나가고 있었으나 무거운 우울의 외투를 벗어 던지지 못하던 2007년 2월 말이었다. 병원에 갔더니 주치의와 스케줄이 안 맞는다고 해서 다른 의사를 안내받았다. 그렇다. 행운은 늘 우연의 어깨를 딛고 우리에게 온다. 그날 '나의 주치의 선생님'을 만났으니까.

처음 만난 선생님은 차분한 인상이었다. 그는 진료실에 앉아 침착한 태도로 내 이야기에 귀 기울였다. 그리고 높낮이가 별로 없는 나지막한 어조로 자신에게 치료를 받아볼 생각이 없는지 물었다. 어차피 기존 담당 의사에게 큰 미련이 없었던 터라 좋다고 답했다. 선생님은 먼저 약을 바꿔보자고 했다. 신약으로, 나온 지 얼마 안 되는 약이었다. 발진 같은 부작용이 나타날 수 있다며 일단 소량만 처방해줬다. 별다른 부작용이 나타나지 않자 본격적으로 이 약을 처방했다. 이전의 다른 정신과 약물들은 일상생활을 못 할 정도는 아니었지만 멍해지거나 생각과 몸놀림이 둔해지는 느낌을 받았다. 마치 장갑을 끼면 맨 손일 때 느끼는 생생한 감각을 느낄 수 없는 것처럼. 하지만 이약은 달랐다. 목덜미를 잡아끄는 듯한 불안, 뒤숭숭함 같은 증상을 완화해줬다. 불난 집 창문 앞에 두툼한 매트리스가 깔려 있어 뛰어내려도 이제는 죽지 않겠다는 안도감이 들었다. 새약은 풍선 끈에 달아놓은 돌멩이와도 같았다. 날개 달린 감정들이 하늘로 날아오르지 않도록 잡아줬다. 닻과도 같았다. 내가 원한다면 불안의 폭풍우를 피해 항구에 정박할 수 있었다. 의사는 기분 상태에 따라 양을 조금씩 조절하는 것도 가능하다고 말했다.

'마음'의 문제는 새로운 약이 효험을 발휘했던 것과 별개의 사안이었다. 약으로 용해될 수 없는 감정, 그 감정의 근원을 찬찬히 들여다보는 작업이 필요했다. 진료를 받기 시작한 지 초반부 몇 달 동안 나는 선생님만 만나면 매번 울었다. 말하다가 눈물이 뚝뚝 떨어지면 선생님은 휴지를 건네줬고 나는 창피하다고 생각하면서 눈물을 닦았고 코도 홍, 풀었다. "평소에 혼자 있거나 다른 사람에게 얘기할 땐 눈물이 나지 않는데 아무래도 '의학적 소견'이 있는 전문가를 만나니 눈물이 자꾸 나는 것 같다"고 변명했다. 내가 부끄러워하는 것을 알고 선생님은 "나도 누군가의 앞에서 이렇게 울어봤으면 좋겠다"며 위로했다. 의사는 무안함을 달래주려고 한 말이었겠으나, 나는 엉뚱하게 답했던 기억이 난다. "저는 돈 내고 울잖아요!"

돈을 지불할 가치는 충분했다. 선생님은 가족이나 친구들처럼 눈물을 닦아주며 위로해주는 이들과 달랐다. 공감보다는 객관적 태도를 유지했다. 그러나 차갑다고 느끼지는 않았다. 환자를 이해하려고 노력하고 있다는 믿음이 있었기 때문이다.

다른 병도 마찬가지이겠지만, 정신과 치료를 받는 환자들에게 신뢰하는 의사의 말은 거역할 수 없는 권위를 지닌다. 선생님 앞에서 정신없이 울던 시기가 지난 뒤, 그는 과거의 나쁜 기억들을 곱씹으며 해석하는 일은 이제 충분하다고 했다. 계절이 변하면 철 지난 옷을 정리하는 것처럼 좋지 않은 것들은 기억의 서랍에 넣으라고 했다.

환자가 의사에게 신뢰를 갖게 되면 의사의 권위는 효과적으로 발휘된다. 선생님의 이 말은 기억을 봉인할 수 있는 '인증'과도 같았다. '이제 그만큼 울었으면 족하다. 충분하다. 그만 후회하자. 괴로움을 멈추자.' 선생님과 상담을 하면서 마음의 방을 어지럽혀놓았던 기억들이 차곡차곡 개켜진 기분이 들었다.

마음의 근육을 / 단련하는 법

　주치의 선생님의 가장 큰 장점은 내가 놓인 상황을 정확하게 이해할 수 있도록 요점을 짚어줬다는 것이다. 조울병에 대한 자세한 설명은 물론 내가 일상생활에서 어떤 문제에 부닥쳤을 때 취하는 태도의 패턴을 발견했고 그 장단점을 설명해줬다.

　어느 날 나는 왜 이렇게 감정이 요동치는지 모르겠다고 했다. 선생님은 감정은 '바다의 파도' 같은 것이라고 했다. 파도가 없는 바다를 생각해보라고. 파도가 쳐야 바다다운 경관이 생겨나고 그래서 아름다운 거라고 말했다. 또 인생을 항해일지에 빗대 말했다. 감정은 배를 움직이는 엔진이다. 이성은 갈 곳을 알려주는 방향타다. 좌표를 찾을 수 있는 것은 경험의 축적 덕분이다. 우리는 감정을 동력 삼아 나아가고 이성을 발휘해 길을 찾는다. 그리고 항해의 다양한 경험을 쌓아가며 서툴렀던 선원은 베테랑으로 성장한다.

감정이 북받칠 때 이를 통제하고 이성의 힘으로 나아가는, 일종의 '매뉴얼'에 대해서도 설명했다. 상황-인지-감정의 사슬 구조에 관한 것이었다. 당시 일기엔 선생님과 나눈 말들이 적혀 있다.

"인지는 상황을 해석하는 틀이라고 할 수 있다. 어떤 상황이 닥쳤을 때 이를 왜곡된 논리와 부정적인 추론에 빠지지 않도록 인지하는 방법, 생각의 변화가 중요하다."

"인간에게 생각, 마음, 영혼이 있다면 가장 바꾸기 쉬운 것은 생각이다. 마음을 흙, 생각을 물, 영혼을 식물에 비유해보자. 식물의 종을 아예 바꾸는 것은 불가능하고 토양을 바꾸는 것도 쉽지 않다. 이 중 물 공급이 가장 조절하기 쉽다. 영혼을 교체하는 것도 어렵고 마음을 고쳐먹기도 힘들다. 생각을 바꿔보도록 노력해보자."

물론 조울병을 앓아보지 않은 사람이라면 조울병이 어떻게 심신을 갉아먹는지 짐작할 수 없을 것이다. 평소 안정적인 정신 상태를 유지하고 있는 보통 사람이라면 사랑하는 가까운 사람이 조울병으로 고생하지 않는 한 공감하기가 쉽지 않다. 그렇다면 조울병 경험이 없는 의사라면 어떨까? 정신과 의사들은 과연 정신질환을 앓는 환자들을 이해할 수 있을까?

선생님은 레지던트 시절 첫 환자의 병명이 조울병이었다고 한다. 그 때문인지 그 이후 계속 조울병 환자를 치료하고 연구해왔다. 그는 직접 조울병을 앓아보진 않았으나, 조울병으로 인해 인생에서 실패할 수도 있다는 환자의 두려움을 이해하고 있었다. 정체를 알 수 없는 막연한 공포가 가장 무서운 법이다. 혹독한 고통을 겪은 환자들은 두려움 자체를 없앨 수는 없다. 선생님이 강조한 것은 실패에 대한 위험 가능성을 낮춤으로써 두려움을 줄이는 훈련이었다.

"자아엔 사회적 자아와 개인적 자아가 있는데, 질병, 업무상 실패 등으로 사회적 자아가 훼손된다고 하더라도 개인적 자아가 굳건하다면 결국엔 어려움을 헤쳐나올 수 있다. 조울병 때문에 하던 일을 제대로 못 한다거나 중단할 수도 있다. 하지만 그렇다고 해서 실패자가 되는 것은 아니다. 평소 개인적 자아를 강화하는 훈련을 한다면 병 때문에 뿌리째 흔들리진 않을 수 있다."

"한 가지 목표에 올인하지 말고 여러 가지 목표를 세워 균형을 유지하는 것이 더 안전하다. 달걀을 여러 바구니에 분산해놓으면 바구니 한 개가 깨져도 피해가 적다."

어찌 보면 일상생활에서 흔히 듣는 당연한 조언처럼 들리기도 한다. 하지만 조울병에 '모든 것'을 빼앗긴 느낌을 가져본 환자라면, 아무리 아프더라도 자신의 노력에 따라 '모든 것'을 다 잃지 않을 수 있다는 희망을 갖는 게 중요하다. 평소 일상에 겹겹이 안전장치를 만들어 피해를 줄이는 것도 필요하다. 만성적인 홍수가 불가피한 저지대에 사는 사람들을 생각해보라. 이사 가지 않는 한 물난리를 아예 피할 순 없다. 그러나 피해를 최소화할 방법을 고안해내는 것, 방벽을 친다거나 집 구조를 바꾼다거나 배수구를 개선한다거나 하는 일은 가능하다.

환자들도 알고 있다. 조울병을 앓기 이전 과거의 세계로 돌아가는 것은 불가능하며, 노력한다고 해서 재발할 가능성을 원천봉쇄하긴 어렵다는 것을. 의사가 환자를 돕는 방법은 재발이 없을 거라고 안심시키는 게 아니라 환자가 위기에 봉착할 때 '모든 것'을 잃지 않고 헤쳐나올 수 있는 태도를 가르치는 것이다. 환자 스스로가 이런 생각을 훈련할 수 있도록 지켜보고 장려하는 것이다. 내가 어떤 상황에 부닥쳤을 때 어떤 행동을 하는지를 이해하고, 슬픔, 기쁨, 두려움에 너무 깊이 빠져들지 않을 방법을 익히고 실천하는 것. 불행이 발생하는 것은 통제할 수 없지만, 이런 훈련을 계속한다면 극복할 가능성은 훨씬 높아진다.

선생님을 처음 만난 2007년 2월 이후에도 경조증과 우울증을 한 번 더 앓았고 그 외에도 크고 작은 마음의 파고를 여러 번 겪었다. 그때마다 선생님의 조언이 힘이 됐다. 우선 '내 탓'을 하지 않게 됐다. 사회적으로 무기력하다고 느낄 때도 나라는 존재에 대한 의심을 거뒀고, 내가 겪는 심리적 곤경을 다른 사람과의 보편성 차원에서 보게 됐다. 조울병 환자이기 때문이 아니라 인간이란 존재가 모두 취약하기 때문에 아픈 것이고, 그러면서도 방어적 본능, 강인함을 갖고 있어 견딜 수 있다는 것이었다. 힘들 때도 좀 더 인내심을 가질 수 있었다.

선생님은 생각틀을 바꾸는 게 가장 쉽다고 했다. 생각을 바꾸기 위해 노력하면 마음흙도 비옥해진다. 선생님과의 상담은 마음의 근육을 단련하는 과정이었다.

좋은 약을   찾아서

지금으로선 믿기 어렵지만, 1950년대 이전까지는 정신질환을 약물로 치료할 수 있다는 생각이 극소수였다고 한다. 프로이트의 정신분석학이 권위를 얻으면서 정신질환은 어린 시절의 경험에서 비롯된다는 믿음이 지배적이었다. 환자가 솔직한 고백을 털어놓는 상담치료를 통해 무의식의 세계를 찾아가는 것이 치료의 정석으로 자리잡았다. 어떤 의사들은 오히려 약물이 어린 시절의 경험을 숨기는 악영향을 끼친다고까지 생각했다. 제약회사들도 항정신병제_{또는 항정신성약} 개발에 소극적이었다.

그러나 애초에 수술 중 '인공동면용'으로 개발된 클로르프로마진이 본래 의도했던 용도와는 달리 조현병 치료에 효과가 있음이 알려지며 1950년대 중반부터 클로르프로마진을 비롯해 이를 화학적으로 변형한 약물이 인기를 모으기 시작했다. 이후엔 이미프라민이라는 약이 나와 우울증 치료제로 각광받았다. 1940년대 말 개발돼 1960년대부터 광범위하게 사용된 리튬은 초창기 조울병 치료에 이바지했다. 프로이트 시대와 정반대로, 요즘 정신의학계에선 약물치료를 가장 중요하게 여기는 흐름이다. 상담치료가 '칼'이라면 약물치료는 '총'에 비유할 정도로, 약물은 단기간에 획기적인 변화를 일으킨다.

조울병이 생물학적 질병이라는 데는 의사 간에 이견이 없다. 조울병은 증상과 패턴에 따라 제1형, 제2형, 급속순환형, 순환기분장애 등으로 나뉜다. 나는 조증과 울증이 모두 분명하게 나타나는 제1형 양극성장애에 속한다. 제2형 양극성장애는 경조증과 우울이 번갈아 나타나는 것이고, 급속순환형은 일 년간 조증과 우울증이 4번 이상 나타나는 것, 순환기분장애는 경조증과 심하지 않은 우울증이 순환하는 것 등으로 나뉜다. 물론 이런 진단은 의료진의 몫이다.

이 중 제1형 양극성장애는 전 세계적으로 약 1%의 유병률을 보이는데, 우울증 같은 정신질환은 나라와 문화, 남녀 비율에 따라 큰 차이가 있는 반면 제1형 양극성장애는 남자와 여자의 차이 없이 평균적으로 1%의 인구가 앓는다. 주치의 선생님은 조울병이 사회문화적 영향보다 생물학적인 영향이 큰 질환임을 의미하는 근거 중 하나라고 말한다. 뇌의 기분 조절 문제가 발병을 초래하기 때문에 이를 위해 개발된 약물치료는 필수적이라고 할 수 있다.

조울병 약물은 종류가 많다. 뉴런과 뉴런 사이 잘못된 신호가 오가지 않도록 세포 간 전기 자극을 정제해주는 약도 있고, 신경전달물질 세로토닌의 재흡수율을 낮춰 세로토닌이 시냅스에 더 오래, 더 많이 남아 있도록 돕는 약도 있다.

나 역시 약물치료가 중요했다. 거친 야생마 같은 조증의 고삐를 당겨 가라앉히는 것도, 울증에 지나치게 빠져들지 않도록 지지해주는 것도 약 덕분이었다. 내가 먹는 약은 신경세포 간의 전기적 신호가 매끄럽게 이어지도록 도와주는 약이다.

사람들은 정신과 약물을 투약한 환자라면 풀린 눈동자, 생기를 잃은 표정, 굼뜬 동작 등의 이미지를 떠올리지만 꼭 그런 건 아니다. 정신과 약물은 그동안 부작용을 최소화하고 효과를 높이기 위해 기술의 발전을 이뤄왔다. '뇌부자들'이라는 팟캐스트를 진행하고 있는 김지용 정신과 전문의가 방송에서 털어놓은 경험을 들어보면, 모든 정신과 약이 부작용이 심하다는 얘기는 맞지 않다. 그는 의과대학 재학 시절 비싼 학비를 벌기 위해 신약 임상시험 프로그램에 참가해 조현병·조울병 치료제로 개발된 쿠에티아핀 100㎎을 투약받았다고 한다. 그는 1박 2일 내내 정신 못 차리고 내내 잠을 잤지만 다른 참가자는 임상시험 참가비로 무엇을 할지 궁리하며 내내 인터넷 검색을 했다. 사람마다 약에 반응하는 정도가 다 다르다는 얘기다. 환자에게 맞는 약을 적절히 처방하는 의사의 역할이 매우 중요한 이유다.

나처럼 평생 약을 먹을 각오를 한 사람들은 아무렇지 않지만, 여전히 많은 사람은 정신과 약을 한 번 먹으면 끊지 못하고 죽을 때까지 계속 먹어야 하지 않냐고 근심한다. 그때마다 나는 어차피 혈압약도 계속 먹어야 하지 않느냐고 반문한다. 아침에 일어나면 비타민 D와 루테인 등을 챙겨 먹으면서 조울병 약을 먹는 게 일과의 시작으로 자리 잡았다.

증상이 호전되면 약물을 끊기도 하지만 이것도 다 환자의 증상과 맥락에 따라 다르다. 대다수 전문가는 조현병·조울병 등에 쓰는 향정신병 약물은 첫 발병 땐 최소 일 년 이상을 유지하고 세 번째 발병 이후엔 평생 먹는 게 좋다고 한다. 약을 먹냐,

안 먹냐보다는 증상이 있느냐 없느냐가 더 중요하지 않나. 음…
그리고… 또… 슬픈 얘기를 반복하는 게 슬프긴 하지만 어쩔 수
없다. 약을 먹는다고 해서 조울병의 재방문 가능성을 원천봉쇄
할 순 없다.

   2001년부터 지금까지 내가 먹은 약을 다 기억하진 못하겠
다. 2001년 조증과 울증의 한복판을 지날 때는 여러 약을 먹다
가 이후엔 전기적 자극과 관련돼 간질 환자에게도 처방되는 약
철자를 따서 T라고 하자을 꾸준히 복용하다가 2003년 봄에 끊었다.
2006년 재발 때 다시 T를 처방받았다가 선생님을 만난 뒤 L이
라는 약으로 갈아탔다.
   나는 정신질환 치료는 약이 핵심이라고 생각한다. 그래서
좋은 약을 찾아주는 의사가 좋은 의사라고 생각한다. 선생님에
대한 신뢰도 내게 잘 맞는 약을 골라줬다는 데서 싹텄다. 이전
약은 기분을 찰싹 가라앉히고 거추장스러운 옷차림으로 흐릿한
안개 속을 걷는 기분을 느끼게 했다면, L은 그런 둔한 느낌 없이
몸에 착 들어맞았다. 나는 2007년 처방받은 L을 14년째 매일 먹
고 있다. 내가 L을 처방받았을 당시 신약으로 나온 것이라 나처
럼 10년 넘게 장기 복용하면 어떤 부작용이 있을지 잘 모르겠으

나, 의사의 처방이 바뀌지 않는 한 계속 L을 복용할 생각이다.

L을 기본으로 하되, 우울해질 때는 A라는 약을 추가로 처방받기도 했다. L은 컨디션에 따라 50mg짜리 알약을 하루 2~4알까지 용량에 변화를 줄 수 있다. T나 L같은 약은 바로 기분의 변화가 느껴지진 않는다. 바로 기분이 이완된다거나 마음이 편해지기보다는 끊임없이 피어오르는 나쁜/또는 좋은 생각을 무한 반복하지 않도록 도와주는 것 같다. 골절이 된 다리에 깁스를 해서 움직이지 않도록 고정하듯 말이다.

술 때문에 처방을 받은 적도 있다. 알코올은 조울병에 해롭다. 술을 마시면 기분이 요동치고 감정을 증폭시킨다. 조증기에 술을 많이 마시면 활활 타는 장작불에 기름을 붓는 것과 같다. 우울기에 기분을 달래려고 술을 지속적으로 마시면 알코올중독의 늪으로 빠질 수 있다. 선생님께 술을 안 마실 수 있는 약을 달라고 했다. 선생님은 필요할 때 먹으라며 '술에 대한 갈망을 줄여주는' 약을 처방했다. 알코올은 기쁨과 흥분의 신경전달물질인 도파민을 분비하게 만드는데, 전기자극신호가 오가는 신경세포의 시냅스에 '절연체' 역할을 해줘서 도파민 분비를 억제해주는 약이라고 했다. 실제로 이 약은 술맛을 떨어지게 만들었다. 약간의 구토감도 밀려왔다. 계속 이 약을 먹진 않았지만 혹 나중에 필요한 상황에 놓이면 적극적으로 도움을 청하려고 한다.

조울병이 '마음만 잘 먹으면, 의지를 가지면' 해결되는 병이 아니라는 것은 뇌와 정신질환의 뚜렷한 상관관계에서 확인할 수 있다. 미국의 인간두뇌수집원장인 바버라 립스카가 쓴 뇌종양 투병기 《나는 정신병에 걸린 뇌과학자입니다》는 뇌종양이 어떻게 정신적 붕괴를 일으키는지 생생히 묘사한다. 고도의 인지 기능을 담당해 '인간을 인간답게 만들어주는' 전두엽과 두정엽 부분이 종양으로 손상되자 립스카는 조울병 환자처럼 격렬한 분노를 터뜨리며 기분의 극단을 오간다. 식당에서 피자에 플라스틱 조각을 넣었다고 주장하고, 재즈 선율이 칼날처럼 날아와 몸을 베는 것 같은 아픔을 느낀다. 한 가지에 꽂히면 마구 우기고, 음악과 소리, 냄새에 매우 민감해지고 주변 사람들에게 마구 화를 냈던 조증기 나와 흡사해 깜짝 놀랐다. 바버라 립스카는 뇌가 아프면 어떤 일이 벌어지는지 누구보다도 잘 아는 뇌과학자임에도, 정작 자신이 어떤 상태인지 인지하지 못하는 '질병인식불능증'에 빠져버렸다. 정신질환자들이 적절한 약물치료를 받지 못하면 결코 자신의 병을 인식하지 못하는 것과 같다.

어쩌면 정신질환이란 자신의 상태를 인식하는 기능에 문제가 발생하는 것까지 포괄하는 증상 같다.

하지만 뇌를 조절하는 약물은 시작이지 끝이 아니다. 《프로작 네이션》의 지은이 엘리자베스 워첼은 자신에게 적당한 약을 찾지 못해 10년 가까이 불필요한 고통에 시달리며 기나긴 힘든 세월을 보내다 우여곡절 끝에 프로작을 처방받아 놀랄 만큼 회복됐다. 그는 우울증은 화학적 문제이며, 우울증 약이 문제를 해결하는 실질적 방법이라고 생각했지만, 생활을 좋은 방향으로 꾸리고, 자신을 망치는 나쁜 습관을 끊는 데는 충분하지 않았다고 말한다. 프로작 복용으로 새로운 세상이 열리는 듯했으나 황폐하고 절망적인 느낌, 좋지 않은 남자들에게 이끌리고 충동적으로 성적 관계를 맺고 당면한 문제를 회피하는 행동과 결별하는 데는 심리 전문가와의 상담이 결정적이었다. 그는 상담을 통해 다른 많은 사람 역시 각자 고통을 견디며 살아가고 있다는 보편적인 진리를 깨달았다고 한다.

앤드류 솔로몬은 약물에만 초점을 맞추는 정신의학계의 최근 경향을 비판하면서 "뇌를 무시하다가 이제는 마음을 무시하게 됐다"라고 말했다. 정확한 지적이다. 선생님이 약물 처방 외에 내게 들려준 이야기들은 부정적인 감정에 빠지지 않도록 자신을 객관화하고 스트레스를 관리하는 법, 마음을 다스리는 방법에 대한 것이었다.

사실, 우리의 목표는 치료가 아니라 치유여야 한다. 미국의 가정의학 전문의 웨인 조나스는 《환자 주도 치유 전략》에서 치유는 "잘 살고 있다는 느낌" "자신에게 가장 의미 있는 일을 하는 것과 관련된 느낌"이라고 표현한다. 질병의 증상을 완화하거나 없애는 치료에서 한 발 더 나아가 환자들이 기쁨과 만족감을 느끼며 인생의 의미를 찾는 치유로 향할 때 진짜 병이 나았다고 말할 수 있다. 질병에서 자유로워졌음은 아프지 않다는 게 아니라 행복을 회복했다는 의미다.

뇌를 비롯해 몸의 문제, 마음의 문제는 따로 떼어놓고 볼 수 없다. 약을 먹고, 전문가와 상담을 하고, 마음을 들여다보며 자기 객관화를 하고 술을 자제하고 운동을 하며 좋은 습관을 기르는 것의 균형이 맞을 때 좋은 삶을 향해 전진할 수 있다. 몸은 마음의 집, 마음은 몸의 집이므로.

글쓰기는

　주치의 선생님을 만난 뒤 처음 몇 달 동안 한없이 울다가 눈물이 좀 마르면서 점차 안정을 되찾아갔다. 내 상황을 객관적으로 바라보기 시작했다. 비극적 분위기가 사라지자 엉뚱한 시도를 할 수 있는 여유가 생겼다.

　2008년 어느 날 봄이었다. 그날도 진료를 받으러 병원에 갔는데 엘리베이터 옆에 공고문이 붙어 있었다. 이 병원과 신문사 한 곳이 공동으로 '투병문학상'을 개최한다는 것이었다. 응모를 결심했다. 그래도 직업이 글 쓰는 기자인데 입선 정도는 하지 않겠냐, 하다못해 약값이라도 벌면 좋은 일 아니겠냐는 생각이었다. 게다가 조울병, 우울증 같은 정신질환은 암 같은 병과 비교하자면 현대사회에서 훨씬 '뜨는 분야'니까 경쟁력도 있을 거라고 나름 계산했다. 상을 탈 경우 내 신분이 알려지는 것은 좀 곤란하다고까지 생각했다. 나는 가끔 이렇게 '과잉 치밀'할 때가 있다. 그래서 글 앞부분에 구차한 설명을 달아 원고를 보냈다.

> 홍보실 투병기 담당자님께
>
> 이 글은 조울병 투병기입니다. 제가 직장이 없거나 자영업자라면 제 이름과 신분을 밝히는 것이 옳겠지만, 회사에 다니고 있기 때문에 이름을 드러내는 것이 조심스럽습니다. 가명으로 다뤄주십시오.
>
> — 이원서(가명)

왜 하필 가명을 '원서'라고 적었는지는 모르겠다. 문학상 도전이 학교에 입학 원서 내는 기분이었던 걸까. 아무튼 결과부터 얘기하자. 낙선이었다. 응모 전에 이 글을 읽어봤던 친구는 낙선 소식을 듣자 태연히 말했다. "흥미롭긴 했는데 사실 좀 더 드라마틱하게 써야 했어. 다른 사람들은 죽음과 삶의 경계를 오가는 스토리를 써냈을 텐데 말야."

지금 읽어봐도 이 글이 투병 수기로서 갖춰야 할 '드라마'적인 요소가 결여돼 있다는 점은 확실히 알겠다. 환자의 목숨과

가족의 삶 자체를 위협하는 내용이 별로 없다. 조울병이란 병이 무엇인지, 입원 시기에 어떤 감정을 가졌는지 등을 담담이 적어 내려간 글이다. 심사위원들로선 밋밋하고 심심하게 느껴졌을 것이고, 어쩌면 조울병 자체가 심사위원들의 관심을 끌지 못했을지도 모른다. 아무래도 조울병보다는 암에 걸릴 가능성이 더 높으므로 사람들은 암의 발병과 치료 과정에 관심이 많고 공감대도 더 넓을 것이다.

선생님은 특유의 합리적인 태도로 담담하게 위로했다. "원래 병원에서 주최하는 투병문학상은 해당 병원의 주력 진료 과목과 관련된 질병을 소재로 한 글을 뽑아줘요. 우리 병원에선 아무래도 정신과가 '마이너'하니까 당선되기 어려웠을 것 같아요." 비록 상을 받지 못했지만, '투병문학상'에 응모한 것은 개인적으로는 유익했다. 그동안의 병력을 차분히 돌아보는 기회가 됐다.

이 글의 결론은 이러하다.

"조울병은 내게 계속 묻는다. 울증으로 온몸의 에너지를 잃고 벌레처럼 웅크린 나, 조증으로 자신감이 넘치는 나. 그 어느 것이 나의 본모습일까? 조증과 울증 모두에서 자유로운 나란 것이 있을까? 나는 언제 가장 행복한가? 나는 내 기쁨과 슬픔이 어디에서 비롯되는지 알고 있는가? '요동치는 나' 안에서도 '존재하는 나'. 나는 도대체 누구일까? 아마 내 삶이 끝나기 전까지 정답을 찾을 수 없을지 모른다. 그러나 나는 안다. 이런 물음을 마음에 품고 자기를 계속 돌아보는 사람과 무조건 앞으로만 나아가는 사람은 다르다고. 그들 사이엔 인생의 질적인 차이가 있다고. 난 인생의 마지막에 눈을 감을 때, 조울병이라는 변덕스런 친구를 알고 난 뒤부터 그를 사귀기 위해 평생 성실하게 노력했었다고 말하고 싶다."

투병문학상 응모는 조울병을 객관화하는 데 중요한 분기점이었다. 예전에 조증이나 울증기에 썼던 일기가 '기록'이었다면 투병문학상은 본격적인 '글'의 세계로 진입했음을 의미했다. 일기를 쓰면서 질병을 앓는 고통의 내용과 심리적 반응, 감정을 종이에 쏟아냈다면, 투병문학상 응모를 기점으로 사건의 의미를 풀어내고 재해석할 수 있는 나의 언어, 나의 도구를 가질 수 있음을 확인했다.

종이에 무언가를 끄적이는 행위는 극한 상황에서도 숨통을 틔울 수 있는 한 조각 작은 마당이자, 자기 위로의 습관이자, 위축과 고립에서 벗어나 세상으로 향하는 길이 된다. 조울병은 불가역적인 평화 협정을 맺을 수 있는 상대가 아니다. 평화를 유지하기 위해 끊임없이 관계를 다독여야 하는 상대다. 글을 쓰면서 나는 이 까다로운 파트너의 정체를 곱씹고 내게 끼친 파괴적 영향력을 정리할 수 있었다. 가족들이 나로 인해 흘린 눈물을 기록하며 그 사랑의 깊이를 깨달았으며 좌절의 늪에 빨려들어 질식사할 정도로 내가 허약하진 않다는 걸 믿게 됐다. 글쓰기가 고통을 없애주진 않지만 고통을 관통하며 한 발 한 발 내디딜 수 있는 용기를 길러준다. 폐쇄병동에서 뇌파검사지에 뭔가를 열심히 적었던 20대의 그 여름날을 떠올리면, 붕괴 직전의 심리 상태에서도 조울병이 완전히 짓밟지 못한 투지가 남아 있었다는 사실을 확신하게 된다. 그 과거의 나에게 다가가 가만히 껴안아주고 싶다.

부모도 자란다

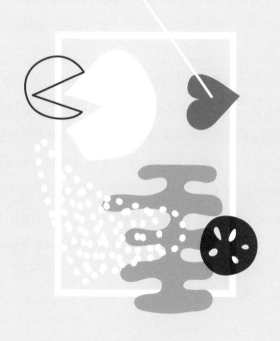

제 6 부

부모도

성장한다

2001년 6월 25일, 병원에 입원한 직후였다. 부모님에게 너무나 화가 난 상태라 엄마, 아빠의 면회도 거절한 상태였다. 아빠는 병실로 편지를 보냈다.

주현아.

네 답답하고 억울한 마음을 아빠도 이해한다. 아빠도 무너지는 가슴을 진정시키면서 편지를 쓴다. 실은 글자가 어른거려 어떻게 쓸까 망설이면서 되도록 똑바로 쓰도록 하려고 한다.

우선 네가 하루속히 마음을 진정시키고 평상시처럼 너의 기분과 감정과 상상력을 잘 조절할 수 있기를 기원한다. 그러기 위해서 네 마음의 상태를 잘 살펴보아라.

내가 20일과 21일 너를 강제로 차에 태우기 전까지 넌 심리적인 기복이 너무 심했다. 첫째, 말라리아로 인한 고열로 온몸이 너무 아파서 담배로 균을 몰아내고 네 방을 무균 상태로 만들었다는 말은 납득하기 어려운 주장이다. 둘째, 회사 선후배와의 대화를 종합해볼 때 너는 좀 쉬면서 각박해지고 거칠어진 인간관계나 사고의 전환이 필요하다고 느꼈다. 또 대화하면서 논리의 비약이나 선후가 잘 맞지 않는 것을 치료해야겠다고 생각하고 힘든 입원 과정을 택하게 되었다.

주현아, 너는 네 의지로 꼭 나을 수 있다. 꼭 나아야 한다. 나는 네가 며칠만 꿋꿋하게 버티면서 조속히 건강하게 내 곁에 돌아오기를 바라고 믿는다. 잠시 동안 인생 역정에 힘든 과정을 겪고 있다고 생각해주기 바란다.

길을 가나 앉아 있으나 네 얼굴이 어른거려 헤매는 아빠가 쓴다.

주현이는 아빠를 이해해주고 꼭 낫기를 빈다.

아빠가.

2001년 여름, 내가 몸이 좀 안 좋다는 연락을 회사 동료들에게 받은 부모님은 서울에 와보곤 깜짝 놀랐다. 얼굴빛이 안 좋고 바짝 말랐을 뿐 아니라, 말과 행동도 이상했기 때문이다. 희한한 논리를 펼쳤다. 몸이 안 좋은 이유는 말라리아에 걸렸기 때문인데 의료진의 확진이 내려지지 않은 상태이고, 아무도 이를 믿어주지 않는다. 자가치료 차원에서 담배를 피워 몸속의 균을 몰아내야 한다는 황당한 주장이었다.

해괴한 이야기를 하는 나를 서울에 두고 올 수 없어 부모님은 강제로 차에 태워 원주로 데려왔고 다음 날 병원에 데려갔다. 나는 고속도로를 달리는 차에서도 저항하며 손발을 버둥거렸다. 집에 가기 싫다는 거였다. 부모님은 나를 자동차 뒷자리에 태웠는데 나는 갑자기 일어나 운전석에 손을 뻗어 핸들을 움켜쥐었다. 차가 옆으로 흔들렸다. 옆 차선을 지나던 차들이 빵~ 소리를 내며 경고했다. 지금도 생각하면 아찔하다. 온 가족이 사고로 다칠 수도 있었다. 하지만 나는 끝장나도 좋다고 생각했다. 그만큼 현실감을 잃은 상태였다. 아빠는 광기에 젖어든 딸을 천신만고 끝에 집으로 데려온 뒤 병원에 들여보내 놓고 저 편지를 썼다.

아빠의 편지는 눈에 들어오지도 않았다. 나는 과도하게 흥분해 있었고 매우 공격적이었다. 짐승처럼 악을 쓰며 저항했다. 그런 내게 아빠는 '의지로 병이 나을 수 있고 꼭 나아야 한다'고 힘주어 글을 썼다. 그때는 부모에게 걱정의 말을 듣는 것 자체가 짜증이 났다. 그래도 어쩐 일인지 찢어버리지는 않았다. 정신없는 와중에도, 아빠의 걱정을 느꼈기 때문인지 책갈피에 넣어뒀다. 나는 편지를 받고 부모님에 대해 "어리석고 착한 분들"이라고 일기에 적었다.

자라면서 부모님에 대한 불만을 가진 적은 많았지만 부정적인 감정을 진지한 강도로 느낀 때는 대학 2학년 때 우울증을 앓으면서였다. 방안에 꼼짝 않고 누워서 내가 왜 이렇게 망가졌는지를 생각해보았다. 부모님의 지나친 과보호 때문에 험난한 세상을 살아갈 적응력을 키우지 못했다고 생각했다. 부모님이 내게 얼마나 큰 기대를 품었는가에 대해서도 생각해봤다. 그 시기에 하숙집으로 꼬박꼬박 배달되던 걱정이 잔뜩 담긴 편지들. 봉투를 뜯는 것도 두려웠다. 그냥 가만히 놔두면 좋겠다고 생각했다. 읽어보지 않은 편지들이 쌓여갔다.

울증기엔 분노하거나 반항할 에너지도 별로 없기 때문에 당시엔 부모님에게 마구 화를 내지는 않았던 것 같다. 그보다는 매우 미안했다. 지저분한 하숙방에서 머리도 감지 않고 세수도 하지 않은 채 힘없이 누워 있는 딸을 바라보는 부모 심정은 어떠할까. 부모가 그렇게 열심히 정성을 다해 키웠는데 왜 나는 이 꼴을 하고 있나.

표출되지 않았던 이런 감정은 조증기에 폭발했다. 2001년, 그러니까 고등학교를 졸업하고도 8년이나 지난 때였다. 속사포처럼 마구 퍼부어댔다.

"제가 엄마, 아빠의 지나친 걱정과 기대 때문에 얼마나 힘들었는지 아세요? 원하시는 대로 '공부 기계'로 사느라 제 영혼이 얼마나 황폐해졌는지 아세요? 다른 애들은 영화도 보고 음악도 듣고 텔레비전도 볼 때 저는 공부 말곤 아무것도 못 했어요. 엄마, 아빠는 다른 부모들한테 '우리 애들한텐 공부하라고 잔소리하지 않는다'고 하셨죠? 그게 더 나빠요. 솔직하게 말하는 게 나았어요. 말하지 않는데도 알아서 하느라 더 힘들었어요. 그게 더 참기 힘든 스트레스예요. 엄마, 아빠는 참 위선적이에요. 학교에 가서 다른 학생들을 가르치면서도 나와 비교했겠지요? '우리 딸은 쟤네보다 훨씬 더 똑똑하구나, 아, 다행이다'라고 생각했죠? 아이들을 가르치는 교사로서 어떻게 애들이 공부만 잘하면 된다고 생각할 수 있나요? 엄마, 아빠는 공부만 전부라고 생각했어요. 너무 어리석어요. 나는 그 어리석음에 지금까지 조종당했어요. 더 이상 이렇게 살 수는 없어요!"

　"아빠, 고등학교 입학시험 볼 때 원주에서 1등을 못 하자 제가 며칠을 계속 울었잖아요? 그때 왜 위로만 하셨나요? 꾸짖어야 하는 거 아녜요? '1등 못한다고 세상이 망하냐'라고 따끔하게 한마디 하는 게 옳지 않았나요?"

기억할 수 있는 한 사사건건 부모님을 닦아세웠다.

"아빠는 밖에선 훌륭한 남편이고 좋은 아빠라고 얘기 들으시죠? 과연 그럴까요? 아빠는 자기 어머니한테는 잘해야 한다고 생각하지만, 과연 부인의 어머니에 대해서도 그렇게 생각하시나요? 명절 때 외갓댁에 들르면 금방 일어서지 못해 안절부절못하시잖아요. 아빠 쪽 친척한텐 다 퍼주면서 외갓집 식구한텐 왜 그렇게 인색하세요? 초등학교 다닐 때 급훈을 정하라는 숙제를 받자 아빠가 일방적으로 '서로 사랑하자'라고 정했었죠? 가족이면 서로 꼭 사랑해야 하나요? 누군가 아프면 다른 가족들까지 다 아파하고 찡그려야 하나요? 우리는 모두 개별적인 존재 아닌가요? 왜 사랑이라는 이름으로 서로를 속박하죠? 그건 사랑이 아니라 본인의 이기심 아닌가요? 나는 이렇게 자랑스러운 가정을 이끌고 있다고 자랑스럽게 말하기 위해서 말이에요. 찔리시죠? 이렇게 솔직한 얘기를 들어보신 적이 없죠?"

"엄마는 왜 딸들을 키우면서 예뻐야 한다는 생각을 안 하셨을까요? 거울 좀 쳐다본다고 성적이 얼마나 떨어졌겠어요? 외모에 좀 신경 쓰면 그런 건 대학 가서 하라고 하셨죠? 대학 가면 옷 예쁘게 입고 화장 잘하는 게 저절로 되나요? 배운 적이 없는

데? 엄마는 자기가 검소하다고 생각하죠? 그게 자랑스럽죠? 아뇨, 전 엄마가 좀 꾸몄으면 좋겠어요. 엄마가 워낙 안 가꾸니 딸도 이 모양이잖아요. 엄마는 청소, 청소하면서도 자기가 얼마나 어지르는지 알아요? 수납이라는 걸 모르나요? 집에 가면 물건이 가득 쌓여서 숨이 막혀요. 버릴 건 버려야 하지 않나요?"

　　과거사를 샅샅이 들춰내니 부모님은 정말 난감했을 거다. 달변가로 돌변해 쏘아대니 해명할 틈도 없었다. 왜곡된 기억 와중에도 나름대로 일말의 진실은 있었다. 무엇보다 사례가 구체적이었다.　당시 동생은 나의 패악질을 보면서 "사실 후련한 점도 없진 않았다"라고 했다.

　　내가 입원했을 때 가족들은 매일 모여서 '대책회의'를 열었다고 한다. 엄마는 "주현이가 병이 든 게 맞다. 충분히 치료를 받아야 한다"는 현실 인정파였고, 아빠는 "혹시 우리가 문제를 과도하게 생각하는 거 아닐까? 정신병원까지 넣을 필요는 없었는데"라며 미련을 못 버렸다고 했다. 한의사인 언니는 한의학적 견해에서 '기의 순환'을 설명하며 나을 수 있는 병이라고 가족을 위로했고, 동생은 "언니가 결국 잘 이겨낼 거다, 상태가 조금씩 좋아지고 있다"며 부모님을 안심시켰다. 가족들은 의사가 추천한 《조울병, 나는 이렇게 극복했다》를 돌려 읽으며 조울병이 어떤 병이고 어떤 증상을 보이는지에 대해 연구·토론했다.

당시 내가 부모님을 비롯해 언니, 동생 등 가족에게 가한 폭력적 언사를 떠올리면 얼굴이 화끈거린다. 그들이 얼마나 걱정했을지 생각하면 마음이 아프다.

본래 이 책의 초벌 원고는 2013년에 썼다. 처음부터 출판을 염두에 두고 원고를 썼는데, 거의 다 썼을 때까지도 부모님에게 이 사실을 알리지 않았다. 병세가 한참 심했을 무렵 부모님이 겪었던 마음고생을 다시 떠올리게 만드는 것이 미안했다. 출간이 되면 읽어볼 것이 뻔한데, 어린 시절 나와 부모님의 기억이 너무 다르면 당황스러울 것 같았다. 또 딸이 나이도 젊고_{그때만 해도 30대였다} 할 일도 많은데 커밍아웃했다가 혹시 경력에 '불이익'을 받지 않을까 근심해 말릴 수도 있겠다 싶었다. 먼저 말하지도 않고 혼자 일을 저질렀다며 섭섭해할지도 모른다고 생각했다.

초벌 원고를 마무리 지은 뒤 어렵게 말을 꺼냈다. 아빠가 듣자마자 물었다.

"그럼 책이 언제 나오는 거냐?"

엄마가 곧 말을 받아 이렇게 말했다.

"이제 네가 곧 마흔이잖아. 그만한 나이가 되면 자기 인생 자기가 사는 거야. 네가 조울병에 관한 책을 쓰겠다는 건 네가 그만큼 자신감을 갖게 됐다는 거고, 그래서 기쁘게 생각해. 다만, 그 책을 쓰고 나서 혹 문제가 생긴다면 그건 가슴 아픈 일이겠지만 그 또한 네가 감당해야 할 몫이겠지."

아빠는 더 '개방적'이었다.

"야, 혹시 네가 조울병을 앓았고, 또 계속 약을 먹고 있다는 것을 알게 됐다고 해서 네게 중요한 일을 못 맡기겠다거나 아니면 너와 결혼할 수 없다고 한다면 그런 사람들은 애초부터 너와 인연이 아닌 거야. 그렇게 이해가 부족한 사람하고 어떻게 일을 함께하며, 어떻게 결혼해서 함께 살겠냐."

이렇게 쿨한 반응이라니. 부모님은 내 생각보다 훨씬 더 단단했다. 딸의 격정이 몰고 온 파고에 올라 함께 단련됐던 것이다. 조울병은 부모도 성장시킨다.

환자의 가족이 / 된다는 건

　　부모님을 아는 사람들이라면 나와 같은 불안정한 성격의 딸이 있다는 사실이 놀라울 것이다. 교사였던 부모님은 가정에서도, 일터에서도 성실했다. 고향의 친척, 이웃에게 부끄럽지 않게 살려고 노력했으며, 딸들과 대화를 많이 나눴고 헌신적이었다. 아빠는 내가 중학교에 다닐 때부터 매일 아침 학교 앞까지 데려다줬고, 고등학교 때는 등하교를 도왔다. 중학교 때는 오토바이였고, 고등학교 때는 자동차였다. 자동차를 산 것도 내가 오토바이 타고 다니는 게 춥다고 말한 것이 계기가 됐다. 엄마는 학교를 그만둔 1992년 말부터는 매일 갖가지 반찬을 만들어 학교로 따뜻한 밥을 날랐다. 저녁 도시락 준비를 하느라 오후 내내 바빴다. 저녁 식사 배달을 위해 운전을 배우고 차도 샀다.

두 분은 30대에 가족이 살 집을 짓느라 부담스러울 정도의 빚을 졌고 오랜 시간 이를 갚느라 허리가 휠 지경이었다. 젊을 때 돈에 쪼들리며 살았던 엄마는 아직도 내가 돈이 충분하지 않다면 은행 대출을 받아 집을 사길 바라지 않는다. 내가 아직도 집이 없는 이유는 엄마의 영향 때문이라고 조용히 외쳐본다. 그럼에도 엄마는 생활비를 쪼개 딸 셋을 피아노학원에 보냈다. 나중에 음악이 위로가 될 수 있기를 바라는 마음에서였다. "피아노를 열심히 배우면 좋겠다. 나중에 속상한 일이 있으면 피아노를 치면서 마음을 달랠 수 있도록."

부모님은 딸의 진로 선택에도 최선을 다했다. 나는 고3 때 대학 진학 문제를 놓고 한창 골머리를 앓았다. 딱히 좋아하는 게 없었기 때문에 어떤 과를 지원할지 종잡을 수 없었다. 학과를 결정하지 못하고 힘들어하자 부모님은 직접 '취재'에 나섰다. 11월의 어느 날 두 분은 함께 서울대 사회과학대를 찾아가셨다. 내가 그나마 "가고 싶은 생각도 든다"고 했던 학과들, 경제학과, 심리학과, 사회학과 사무실을 직접 방문해 뭘 공부하는지, 학교생활은 어떠한지 조교들에게 물었다. 경제학과 조교는 "경제학은 좋은 학문"이라면서도 "수학을 잘해야 한다. 여학생이 별로 없어 적응이 어렵다"고 말했다고 했다. 심리학과 조교는 심드렁했던 것 같다. 사회학과 조교가 가장 성의있게 말했다. 지금 정확하게 하고 싶은 일이 없더라도 사회학과에 오면 배우는 게 워낙 다양해 차분하게 생각해볼 기회가 많다, 여학생 숫자가 적지만 모두 다 즐겁게 학교생활을 잘하고 있다, 선후배 관계도 돈독하다, 예전엔 데모 많이 하는 과라고 했지만 그건 80년대 이야기이고 지금은 사정이 다르다 등등. 부모님의 취재 결과를 듣고 나는 사회학과에 원서를 냈다.

대학에 입학해서도 부모님과의 관계가 좋았다. 거의 매일 전화해서 안부를 전했고 소소한 일상에 대해 얘기를 나눴다물론 나는 대부분 좋은 소식만 전했다. 지금도 부모님과 대화를 많이 하는 편이다.

어릴 적엔 경쟁 관계였으나, 나는 언니와 동생 모두와 친밀했다. 언니는 어려운 일이 있을 때 언제든 상의할 수 있는 든든한 맏이었다. 대학 시절부터 10년 동안 같이 살았던 동생은 세상에서 가장 가까운 사람이다. 조증의 태풍 한복판을 지날 때, 부모님에겐 온갖 험한 소리를 했지만 언니와 동생에 대한 태도는 달랐다. 폐쇄병동의 공식 면회일인 수요일을 처음 맞았을 때, 부모님 면회는 거부했지만 동생만큼은 보고 싶었다. 당시 첫 딸을 출산한 언니는 아기의 환한 웃음과 귀여운 몸놀림이 동생에게 기쁨을 줄 수 있다는 생각에 백일 갓 지난 딸을 데리고 면회를 왔다. 어떻게 그렇게 용감했는지 지금도 놀랍다.

부모의 모범적인 삶의 방식이나 가족의 헌신적인 태도는 정신질환 발병과 다른 문제다. 미국의 저널리스트 론 파워스는 두 아들을 뒀는데 모두 조현병을 앓았다. 이 중 음악에 천재성을 보였던 둘째 아들은 스스로 목숨을 끊었고, 첫째 아들은 청소년기 저지른 운전사고로 인한 트라우마에 조현병까지 겹쳐 고군분투하며 살아가고 있다. 둘째가 세상을 떠난 지 10여 년 만에 쓴 《내 아들은 조현병입니다》라는 책을 보면, 그와 아내는 정신적으로 건강할 뿐더러 아이들에게 냉담한 부모가 절대 아니었다. 문학과 음악에 대해 깊은 대화를 나눴으며 아이들의 성장과 반응에 세심했다. 아이들이 잇따라 조현병 진단을 받은 뒤에도 자신들에게 놓인 고통스러운 의무를 당장 끝내고 싶다는 생각보다는 아이들이 병을 다스리며 삶을 영위하는 모습을 보고 싶어 오래 살 것을 다짐하는 부모였다. 하지만 아이들의 발병과 자살은 부모의 노력 너머에 있었다. 조현병에 걸린 두 아들 역시 마음이 잘 통하고 음악으로 감정을 나누는 친밀한 사이였으

며 힘들 때 서로에게 의지했다. 그러나 첫째의 존재가 둘째의
죽음을 막을 순 없었다.

　가족 중 누군가가 정신질환에 걸렸다는 사실을 받아들이
기는 쉽지 않다. 우선 사람들은 정신질환의 증상에 대해 잘 모
른다. 동생은 처음에 내가 조울병을 앓을 때 '오랫동안 잠을 안
자서 언니가 아픈 거다'라고 생각하곤, 수면제를 먹고 푹 자면
괜찮아질 거라고 기대했다고 한다. 하지만 나는 자고 일어나
서도 여전히 불안정했고 동생은 그때마다 깊이 좌절했다고 털
어놨다.

　병 자체가 주는 충격도 크지만 유전 문제도 있다. 정신질
환은 반드시 유전된다는 공포가 짙다. 실제로 제1형 양극성장
애 환자의 1차 친족의 유병률은 일반 인구의 유병률보다 7배가
량 높다고 한다. 인구의 1%가 제1형 양극성장애를 앓는다고 하
니 가계에 환자가 있을 경우엔 그 확률이 7%가량으로 뛰어오른
다. 그러나 조울병은 단일 유전자에 의해 발병하는 멘델의 유전
법칙을 따르지 않고, 다수의 유전자와 환경의 상호작용으로 발
병하는 '복합유전질환'이라는 것이 지금까지의 연구 결과다.

　우리 집 가계도를 보면 조울병 환자로 진단받은 사람은 없

으나, 알코올 의존증또는 중독으로 삶이 휘청거렸던 친척은 있다. 이들은 정신과를 찾아가지 않았으므로 어쩌면 알코올 문제 말고 다른 정신적 문제를 앓았을 수도 있다.

나는 임신을 생각해본 적이 없기 때문에 조울병 유전 문제를 심각하게 고려해본 적이 없다. 그러나 임신 계획이 있는 여성 조울병 환자라면 무척 고민스러울 것이다. 아이가 조울병을 물려받아 험난한 인생을 살아가야 한다면 생각도 하기 싫을 정도로 고통스럽다. 산모의 건강 또한 염려스럽다. 태아의 건강을 위해 임신, 수유기에 조울병 치료제를 끊는 경우가 많은데 그만큼 재발 가능성이 높아진다. 출산 같은 매우 중요한 인생의 사건에 직면하는 일도 스트레스에 취약한 조울병 환자에겐 넘기 힘든 고비다.

가족들이 조울병에 대해 아무리 정확히 알고 있다 해도, 환자로부터 받는 고통의 무게가 가벼워지진 않는다. 조울병처럼 감정의 변화가 심한 질병을 겪는 이들을 감내하는 것 자체가 힘겨운 일이다. 합리적이지 않은 분노와 비난을 받아줘야 하고, 땅 밑으로 꺼져들 듯한 무기력함을 지켜보며 격려해줘야 한다. 환자의 우울은 마음이 고단한 가족에게까지 옮아간다.

조증기 환자는 충동적인 투자와 사업을 벌이거나 과도한 쇼핑, 어마어마한 술값 등으로 막대한 경제적 손해를 입기도 한다. 신용불량자를 구제해주는 것도 한두 번이지 조울병이 거듭 재발한다면 두 손 두 발 들지 않을 사람 없다. 가계가 파탄나기도 하고, 환자의 배우자가 이혼을 결심하기도 한다. 내가 전해 들은 한 사례도 그렇다. 기운이 왕성할 때는 무리한 사업을 무모하게 벌이다가도 침체되면 집 밖으로 나오지 않는다고 했다. 전형적인 조울병 환자인 듯했는데 그는 적극적으로 치료를 받는 대신 '자가치료'내 병은 내가 안다를 하다가 조-울의 패턴을 반복했다. 그러는 동안 배우자와의 관계가 나빠졌고 재산도 상당 부분 잃었다. 애초에 부모에게 물려받은 막대한 재산이 없었다면 그의 가정은 허약한 껍데기마저 잃어버리고 산산이 부서져 버렸을 것이다.

모든 병이 다 마찬가지이지만 정신질환은 특히 정서적 안정감을 주는 친밀한 관계가 절실하다. 가족에게 버림받는다면 고통과 상실감 때문에 병이 더 악화될 수 있다. 약물치료를 통해 정상 상태로 돌아온다고 해도, 환자에겐 사회인으로서 책임져야 할 부분이 남아 있다. 사회적 관계가 무너져 있다면 회복 시간이 필요하다. 완전히 복구될 가능성은 높지 않다. 직장생활, 인간관계, 경제적 질서 등을 다시 세우는 데는 공감과 격려, 객관적인 충고, 경제적 지원을 해줄 가족 같은 가까운 사람들이 절대적으로 필요하다. 병원 진료 날짜와 치료제 복용을 확인하는 사람, 밖에 나가 햇볕이라도 쐬자며 침대에서 끌어내는 사람, 시시콜콜 사소한 얘기를 성의 있게 들어주는 사람, 그리고 '네가 어떤 사람이든 우린 너를 응원할 거야'라고 말해주는 사람.

조울병 환자의 가족으로 살아가는 일의 힘겨움을 머리로는 안다 하더라도 실제로 우리 가족이 얼마나 마음 졸이며 애태웠는지 그 모든 것을 이해할 수는 없다. 다만 조울병의 증상을 정확히 이해하고 최선의 노력을 다한 우리 가족의 이야기를 들려줌으로써 다른 환자의 가족과 지인들에게 도움이 되고 싶다.

우정의 에너지

한때 '기자라는 직업과 조울병이 맞지 않아서' '조울병 환자에겐 기자 일이 너무 힘들어서' 떠날 생각을 했던 적이 있다. 하지만 내가 넘어질 때마다 일어선 곳은 한겨레신문사였다. 아니, 정확히 말하면, 회사 동료들이 내가 일어나도록 도와줬다.

2001년 첫 조울병을 앓고 이듬해 퇴원했을 때 많은 사람이 궁금해했다. 왜 아팠는지, 또 지금은 괜찮은지. 나는 병명을 밝히는 대신 "신경전달물질의 조절 실패 문제"라고 설명했다. 거짓말은 아니었으니 알아들을 사람은 알아들으라는 것이었다. 사실, 병 이름보다도 "지금은 괜찮아요"라고 말하는 게 더 힘들

었다. 괜찮지 않았으니까. 우울하고 불안했으니까. 우울하다고
늘 징징거릴 수는 없지 않나.

그럼에도 깊은 믿음과 애정으로 대해주는 분들이 곁에 있었
다. 휴직 기간 매주 우리 집을 찾았던 윤강명 선배는 친구들과
의 주말 여행 때 여러 번 나를 데려가 주었다. 나로선 고마움을
표하는 최선의 방법이 희미한 미소뿐이었을 텐데, 선배는 지친
내색을 하지 않았다. 그와 함께한 여행에선 졸리면 졸린 대로
잤다. 호기심을 잘 느끼는 유쾌한 여행 동무이고 싶었으나 바라
는 만큼 잘되지 않았는데, 그는 심드렁한 ^{또는 시무룩한} 상태를 그
냥 있는 대로 받아들였다. 채근하지 않았다. 적절한 침묵은 사
려 깊은 기다림과 같다.

윤 선배는 어떻게 그렇게 '좋은 대응'을 할 수 있었을까. 20
여 년 전만 해도 비혼 여성들에게 '올드 미스'라는 딱지를 붙이
는 게 '정치적으로 올바르지 않다'는 인식이 부족한 몽매한 시절
이었다. 윤 선배는 오랫동안 혼자 사는 삶을 꾸려왔고 등산광으
로서 틈날 때마다 산으로 향했다. 결혼하지 않은 중년의 여성,
혼자 산에 오르는 여자인 그는 삶을 전략적으로 바라보는 태도
따위 없었다. 일종의 '천진한 마이너다움'이라고 할까. 우울의
늪에서 헤매는 나를 억지로 일으켜 세우기보다는 가만히 곁을

지켜준 것도 '주변부'로서 겪은 경험 덕분 아닐까.

나 또한 누군가에게 그런 사람이 되고 싶다. 주변을 밝게 만들고 힘을 주는 사람도 좋지만, 우울한 사람은 그냥 우울한 대로 놔두는 여유 있는 사람이 되고 싶다. 에너지 세기를 우열로 판단하지 않는 사람이 되고 싶다. 나도 '천진한 마이너'가 되고 싶다.

매번 빠른 의사결정을 해야 하고 민첩한 취재와 기사 작성이 요구되는 기자 사회에서 조울병 환자가 버텨내는 건 쉽지 않다. 뭐 간혹, 조증 환자다운 집중력과 창의성이 성과를 내는 동력이 될 수도 있지만 아무래도 불안정하다. 우리 회사의 미덕 중 하나인 관심과 배려라는 일종의 집단적 에너지가 없었더라면, 나는 성공적으로 복귀하지 못했을 것이다. 두터운 호의의 벽에서 안정감을 얻었다.

그러나 문제는 여전히 남는다. 조직의 입장에서 보자면 건강하고 능률적으로 일할 수 있는 사람을 기용하는 편이 유익한 일이다. 정신적으로 불안정한또는 불안정해질 가능성이 있는 사람을 요직에 앉히는 것은 위험 요소가 있다. 조직 안에서 조울병 환자는 일에 대해 어떤 감각을 가지는 게 옳을까? 새로운 일에 도전하고 유능함을 인정받기보다는 스트레스를 덜 받는 직무를 선택하는 게 좋을까? 조울병이 발병하면 이 사실을 상사 등 업무에서 직접적인 영향을 받는 사람들에게 알리고 양해를 구해야 할까? 건강 문제를 먼저 밝히면 스스로 '신뢰 자산'을 허무는 행동이 아닐까? 동료들이 늘 이 문제를 의식하고, 건강을 문제 삼아 중요한 일을 일부러 안 맡기면 어쩌지? 현재 건강하고 안정적인 컨디션이라면 과거의 경험을 말하는 게 그리 어렵지 않지만, 조증이나 울증의 정점에 놓여 있을 땐 이런 얘기를 하기는 거의 불가능하다.

가까운 회사 동료들은 내 병명을 알고 있다. 몇몇은 오래전 심각하게 아팠을 때를 기억하고, 대부분은 내 입으로 말했기 때문에 안다. 나중에 알게 된 사실인데, 내가 조울병 환자라는 사실을 아는 이들조차도, 평소와 확연히 다르게 가라앉거나 들뜰 때 눈치를 못 채는 경우가 많았다. 당사자가 고통스러워하면서 자신의 상태를 심각하게 판단하고 있을 때도 병리적인 상황으로 받아들이지 않았다. '요즘 좀 예민한 거 같다' '너무 깊이 생각하지 말아라' '지쳐 보인다' '좀 쉬는 게 좋겠다'는 조언을 하는 정도다. "그때 내가 좀 이상한 행동을 했던 건 조울병이 재발해서 그랬던 거야"라고 털어놓으면 놀라운 표정을 짓는다.

조울병 환자라는 사실을 굳이 꼭꼭 숨길 필요는 없지만, 그렇다고 조울병을 자신의 역량을 제약하는 불변의 조건으로 여기는 것 또한 불필요한 것 같다. 일상생활이 위협받는 상황이라면 주변 사람들에게 도움을 요청하는 게 좋겠으나, 조울병에 대한 타인의 편견이 옳지 못한 것처럼 환자 스스로 위축되는 것도 온당치 않다. 스트레스가 심한 일을 맡게 되면 잠깐이라도 짬을 내 운동을 하거나 최대한 휴식 시간을 확보하려는 노력을 시도할 일이다.

오히려 자신의 상태를 꼼꼼하게 꾸준히 챙긴다면, 타인의 정신건강에도 민감하게 반응할 수 있다. 타인의 고통에 무감각한 '비환자'들보다 더 사려 깊은 사람이 될 수 있다는 말이다. 최소한 '저 요즘 좀 이상한 것 같아요'라고 호소하는 후배에게 너무 걱정하지 말라며 진심으로 위로하고, 병원에 가서 의사를 만나보라는 실무적인 조언을 건넬 수 있다.

반대로, '정신적으로 매우 안정된 사람'이라고 해서 책임과 의무가 과중한 일을 반드시 성공적으로 수행해내는 것도 아니다. 때로는 냉담함이 안정감으로 잘못 읽히기도 한다. 자신을 돌아보거나 다른 사람의 마음을 헤아리는 습관이 몸에 배어 있지 않은 사람은 팀의 목표를 달성하기 위해 역량을 모아내기 힘들다.

자신의 질병을 동료들에게 알리고 싶지 않다면 굳이 입 밖에 내지 않아도 된다고 생각한다. 그러나 나를 잘 아는 사람들, 폐허에서 어떻게 일어섰는지 아는 사람들, 실수투성이, 오류 범벅이라고 하더라도 용기를 믿어주는 사람들이 비록 소수라도 조직 안에 있다는 것은 중요하다. 다행스럽게도 지금까지 이런 '우군' 몇몇을 만났다. 내가 주저앉지 않은 건 그들이 뿜어내는 우정의 에너지 덕분이었다.

고통은

나눌 수 없지만

글을 씀으로써 머릿속에 들어 있던 조울병에 대한 생각은 구체적인 꼴을 갖추고 드러났다. 비밀 털어놓기, 일종의 커밍아웃 형식으로 아픔을 마음껏 토로했다. 그러나 늘 그렇듯, 나의 이야기는 거대한 바다로 흘러드는 실개천 같은 아주 작은 부분일 뿐.

조울병으로 인한 고통에 전적으로 집중하며 글을 쓰는 도중 열일곱 살 조카가 다카야스 혈관염이라는 희귀 난치병을 진단받았다. 나보다 훨씬 어린 나이에, 원인도 알 수 없고, 치료제도 없고, 나을 가망이 있는지도 알 수 없는 병을 얻었다는 것에 충격받았다. 내가 앓는 제1형 양극성장애는 유병률이 전 세계 인구의 1% 정도라는데, 조카의 병은 100만 명 중 겨우 두 명 정도만 걸린다고 했다. 혈압이 200이 넘는 바람에 숨이 가쁘고 머리가 아파 학교에도 가지 못하고 괴로워하는 조카에게 뭔가 위로의 뜻을 건네고 싶었다. 그동안 쓴 글 중 입원 전후 상황과 유년 시절을 다룬 부분을 보냈다. 조카가 평소 책 읽기를 좋아해서 흥미를 가질 거라 생각했다. 가족 중에서 이모의 비밀 이야기를 가장 먼저 읽는 첫 독자라는 점도 강조했다.

조카는 몇 시간 만에 "이모, 이모 다 읽었는데용"으로 시작하는 감상 메모를 보내왔다. 총 6개 항목의 리뷰 중 마지막을 읽으면서 눈물보가 터지고 말았다.

"나의 아픈 모습을 보살피는 엄마의 심리에 대해 엄청 궁금하고 미안하고 고마웠는데, 고교 입시 준비하면서 학부모 자기소개서를 보고 엄마도 결국 나의 고통을 완전히 알지 못하는 타인임을 사무치게 느꼈음. 그게 야속해서 조금 울었는데 이모 글을 읽고 타인이 타인이라서 얼마나 다행인지, 나의 감정은 내가, 남의 감정은 남만이 온전히 느낄 수 있어서 얼마나 다행인지 생각하게 되었음."

며칠 뒤 나의 어린 독자는 이런 글도 보내왔다.

"요즘 좀 지친 것 같은 마음이 들어서 어제랑 오늘은 아무것도 하지 않고 하루를 보내고 있었어요. 하루 종일 생각만 하면서. 아무것도 안 하는 스스로가 한심하고 다른 애들과 같은 일상을 보상받고 싶다고 생각하고. 다시 이런 생각하는 것이 도움이 안 된다는 우울하고 초라한 체념의 반복. 엄마는 내가 필요 이상으로 씩씩해지려고 노력하기 때문이래요. 하지만 씩씩하지 않고 초연하지 않은 모습을 보인다는 것 자체가 용서할 수 없는 일로 느껴져서… 대단한 사람이고 싶었거든요. 이모의 글을 읽으면서 스스로의 감정이 어떤지 단편적으로 정리해볼 수 있었어요. 그리고 내일 하루를 어떻게 보낼지 고민해보고 싶도록 만들어줘서 감사하다고 말씀드리고 싶습니다."

사회학자 엄기호가 《고통은 나눌 수 있는가》라는 책에서 말한 것처럼 십자가는 아무도 대신 짊어질 수 없다. 조카는 엄마의 슬픔은 엄마의 것이고, 고통은 자신의 몫임을 어린 나이에 알아버렸다. 조카는 '고통은 나눌 수 없다. 단지 고통의 연대가 가능하다'는 책의 결론을 듣곤 이렇게 답했다.

"타인의 고통에 온전히 공감한다고 말하는 사람들은 좀 가벼운 '관종'에 속할 수도 있다는 생각이 드는군요. 아프기 시작했을 때 엄마가 누구나 자기한테는 자기 고통이 100이라는 말을 했는데 남의 고통은 일단 겪어보지 못했고, 또 나와는 다른 사고 체계와 경험을 가진 타인이 겪는 것이니까 함부로 재단할 수 없는 것 같아요. 하지만 고통을 함부로 평가하거나, 다 안다고 말하거나, 고통을 겪는 사람들의 마음을 알려고 하지도 않는 편협한 '관종'이 되지 않기 위해 끊임없이 노력하는 것이 맞는 것 같아요."

가슴 아픈 일이지만, 조카는 인생의 에너지가 최고조에 이르는 청소년기를 건강한 몸으로 온전히 누리지 못할 수도 있다. 그러나 아픔은 다른 아픔도 이해하고 공감할 수 있는 풍부한 인생의 질감을 갖게 만든다.

가끔 누군가 우울증으로, 조울병으로 고통받고 있다는 얘기를 듣는다. 내게 직접 와서 의논한 것이 아니라 그런 얘기가 전언의 전언으로 들려올 때는 그를 둘러싼 일상의 관계와 맥락이 이미 흐트러져버린 뒤다. 병의 시작 경계가 불분명하므로 동료들은 환자의 과도한 열정, 불안정함, 의기소침, 무기력함 등을 그저 '성격'의 취약함으로 받아들일 수 있다. 성격이 괴팍하고 어디로 튈지 모르겠고 그래서 협업이 어렵고 함께 일하기 부담스럽다는 세평이 쏟아진다. 병명이 덧붙여진 뒤에도 '아, 그래서 그렇게 힘들어했구나'라고 고개를 끄덕이기보다는 성격과 행동 패턴이 진작부터 문제가 있었다는 생각을 한다. 병을 제대로 치료하지 못하고 장기화되면 가족조차도 고개를 절레절레 흔들게 된다. 환자의 건강이 나아져 관계 회복에 나선다고 해도 이미 돌이킬 수 없을 정도로 비틀려 있기 일쑤다. 그동안 환자의 재발을 지켜본 사람이라면, 더욱 절망스러운 심정이 된다.

그럼에도 환자에게, 그리고 그의 곁에 서 있는 사람들에게 조카의 말을 전해주고 싶다. 조울병이 아니어도 질병의 고통에서 허우적거려본_{또는 허우적거리고 있는} 이에게 들려주고 싶다.

초벌 원고를 읽은 조카는 이렇게 총평했다.

"병이라는 것이 일상을 무너뜨리고 이전의 관계들을 복기하게 한다는 점에서 근본적으로 같은 것일지도 모른다는 생각을 함. 특히 이모의 글을 전반적으로 읽고 아파서 생기는 문제들에 대한 책임을 내가 오롯이 지지 않아도 될지도 모른다는 위안을 얻음. 감사합니다. 환자로 지내는 것이 나을까, 환자의 주변인으로 지내는 것이 나을까 생각했던 적이 있었음. 우리 엄마, 아빠도 내가 하는 말에 전보다 더 예민하게 반응하고 상처받는 것을 보면서 환자의 주변으로 지내는 것이 얼마나 힘든지 알게 되었기 때문이겠지. 하지만 자신 때문에 주변이 힘들어지는 것을 보면서 감내해야 하는 것 또한 환자 몫으로 돌아가기 때문에 가능한 한 최선을 다해 행복해지는 것이 서로를 위하는 길이라는 게 나의 최근 결론이었음. 환자든 환자의 주변이든 서로가 행복한 모습에서 다시 행복을 찾을 에너지를 얻는 것 같아서. 이건 보통의 인간관계에서도 마찬가지겠지만 환자로 지내는 것과 환자의 주변인으로 지내는 것 모두를 경험해본 고통을 지나온 이모의 용기에 박수를 보내고 싶음.”

고통도 슬픔도 공유할 순 없다. 이를 알기에 더욱 고통스럽고 슬프다. 그러나 과거 나의 아픔은 현재 아픔 속에 신음하는 조카에게 다가갔다. 우리는 삼십 년 터울을 가로질러 인생의 십자로에서 만나 서로 고통의 ‘곁’이 되어줬다.

바람은 몸의 기억을 부른다

제 7 부

그냥 떠났다,

까
미
노
로

웃음과 행복은 총액을 알 수 없는 적금 같다. 자꾸 웃어야 웃을 일이 생기고, 자주 행복을 느끼면 행복해진다. 입금을 많이 하면 출금 액수도 많아진다. 심란할 때 예전의 행복한 순간을 담은 사진이나 동영상, 일기, 메모를 보면 과거의 내가 튀어나와 손 흔들며 격려하는 기분이 든다. 역시 살 만한 인생이야. 앞으로 또 이렇게 기분 좋은 일이 일어나지 않으리란 법은 없겠지.

뭐, 이렇게 직접적으로 보고 듣지 않더라도, 행복의 경험은 어딘가에 쌓여 있다가 곤궁에 빠졌을 때 살며시 흘러나와 어둠을 밝혀준다. 내가 조울병으로 파탄에 이르지 않고 그럭저럭 버텨온 데는 행복을 충분히 경험한 것이 한몫했다. 마음의 근육에

223

스며든 행복의 물질이 힘든 때에도 무너지지 않도록 지켜준다고 할까.

지금까지 가장 액수가 큰 '행복 적금'이 쌓인 것은 2012년 3월 스페인에서였다. 프랑스 남부 생장피드포르에서 스페인 북서부의 도시 산티아고 데 콤포스텔라까지 860㎞를 걷는 여정이었다. '까미노 데 산티아고 콤포스텔라'. 줄여서 '까미노'라고 불리는 길이다.

수천 년 동안 순례자들이 산티아고로 향했던 까닭은 고난을 통해서 은총을 깨닫고 기적을 경험하려는 영성적 목표도 있었겠지만 자연에 대한 경외감, 우연히 만난 사람들이 베푸는 소박한 친절, 걷기라는 원초적인 치유의 효과가 큰 몫을 했을 것이다. 천 년 전에도 길에서 만나는 남녀 사이에 각별한 감정이 뭉게뭉게 일어나는 것 또한 막을 도리 없었을 터이다. 까미노는 '사랑의 길'이니까.

까미노로 떠나는 수많은 이유 중 각각의 가중치는 다르겠지만, 요즘도 많은 사람은 신앙적 수련을 위해, 자아를 단련하기 위해, 상실의 고통을 치유하기 위해, 인생의 난감한 고비를 넘기 위해, 좋은 친구 또는 애인를 만나기 위해 짐을 꾸린다. 최근엔 까미노행 단체 여행 상품이 많이 생겼지만 내가 까미노를 걸었던 2012년만 해도 한국 여행사들이 진출하지 않은 시절이었다. 대부분 '순례자'라는 정체성을 품고 혼자 걸으러 온 사람이 많았다. 특히 까미노에서 만난 한국 여자들은 모두 혼자였는데, 이들 다수는 지금까지의 인생 노선을 청산하고 새롭고 낯선 길을 앞둔 상황이거나 중대한 사건을 겪은 뒤 마음을 정리하기 위해 까미노로 왔다. 이들은 일종의 의례를 치르듯 경건한 태도로 임했다.

왜 까미노로 갔냐고 내게 묻는다면, 음… 뚜렷한 목적은 없다. 주변에 까미노를 다녀온 친구들이 전해주는 얘기들이 매력적이었고, 까미노 여행기를 재미있게 읽었고, 마침 연수 중이라 시간 여유가 있었고, 그리고 워낙 잘 걸으니까. 그러니 '그냥 떠났다' 정도로 해두는 게 좋겠다. 다만 '나'를 찾아보겠다는 진지함이 까미노로 가는 짐을 꾸리게 만든 건 맞다. 공항에서 파리행 비행기를 기다리던 2012년 2월 29일 이런 다짐을 일기에 적었다.

"'괜찮은 척'하지 않기, 타인과의 관계를 의식해 일부러 상냥하고 싹싹하게 굴지 않기. 이제 나의 길은 시작됐다. 준비됐나? 이 물음은 더 이상 필요 없다. 그냥 떠나는 거다. 내 그릇과 크기에 따라 담기고 채워지고, 비워내며, 길을 따라갈 것이다.”

내 안엔 지난 시절의 다양한 모습이 담겨 있다. 수줍고 내성적이었던 아이, 경쟁적이고 강박적인, 겉으론 냉정하고 똑 부러지는 듯 보이지만 타인의 시선에 민감한 유리 멘탈 소녀. 신문사 입사 뒤엔 남들에게 씩씩하게 보이기 위해 일부러 크게 웃고 목소리를 높이고 과한 농담도 서슴지 않았다. 그동안 사회생활을 위해 쓰고 있던 여러 개의 가면을 이 길에서만큼은 내던져버리고 싶었다. 마음 내키는 대로 자연스럽게 행동하다 보면 숨어 있던 본연의 모습이 수면 위로 떠오를 듯했다.

처음엔 유년기로 돌아간 듯했다. 소심했고 열등감이 밀려왔다. 첫날 오스트레일리아에서 온 ‘현인’ 같은 풍모의 60대 신학자 멜을 만났는데, 함께 걷는 게 좋았다. 하지만 그가 다른 유럽에서 온 청년들과 즐겁게 이야기를 나누자, 슬그머니 그와 헤어지는 쪽을 택했다. 영어가 짧아 그들 사이에서 소외되느니 차라리 혼자 걷는 게 낫다고 생각했다. 20대의 싱싱한 유럽 젊은이들과 한자리에 앉아 있으려니 외모 콤플렉스마저 느껴졌다.

“어제 저녁 바bar에서 순례객들이 모여 앉아 얘기를 나눌 때

나는 별로 매력 없는 아시아 중년 여성으로 보이지 않나 하는 생각을 잠깐 했었다. 20대 어린 여자들과 어찌 견줄 수 있겠는 가. 난 앞으로 제대로 된 연애도 못 해보고 청춘이 끝나가는 건 아닐까, 불안감이 들기도 했다."2012년 3월 6일

다행히도 '길 위의 왕따'가 될지도 모른다는 걱정은 시간이 흐를수록 옅어졌다. 오스트레일리아의 멜과 헤어진 날 저녁, 오스트리아에서 온 아스트리드라는 동갑 친구를 만났다. 팜플로 나의 한 아늑한 알베르게에서 우연히 같은 방을 배정받아 말을 트게 됐다. 아스트리드는 마치 1936년 베를린 올림픽에 출전한 높이뛰기 선수 같은 느낌을 주는 강건한 아리안 여성의 풍모로, 스페인에 오기 전 인도를 여행했다고 했다. 간디나 네루 말곤 인도를 잘 모르는 나는 대화를 이어가기 위해 욕망과 영성과 사랑을 찾아 이탈리아-인도-인도네시아발리로 떠난 여성의 이야기《먹고 기도하고 사랑하라》를 아느냐고 물었다. 그는 고개를 끄덕였고, 우린 곧 친구가 되었다. 까미노에 온 이유를 묻자 주저 없이 "몸을 움직이는 걸 좋아하기 때문이지"라고 말하는 아스트리드의 긴 다리를 따라 하루에 41㎞까지 걷는 강행군을 했다. 일주일 동안 함께 걸은 뒤 순례길 시작점에서 300여 ㎞

떨어진 부르고스라는 도시에서 헤어졌다. 아스트리드는 그곳에서 엄마를 만나기로 한 터였다. 낯선 여행자와 우정을 나누는 친구가 되자 낯가림 심했던 유년기와 자연스럽게 이별한 기분이 들었다. 우물쭈물하던 어린 꼬마는 어느새 어른으로 자라났다. 400㎞쯤 걸었을 때 이렇게 썼다.

"1기[10대]는 '온실' 시기. 2기는 질풍노도와 헤맴의 시기. 3기는 조울과 '친구 맺는' 시기, 황금시대. 나는 지금 3기를 지나고 있다." 2012년 3월 14일

콤포스텔라 대성당까지 800㎞를 걷고 좀 더 기운을 내서 '세상의 끝'으로 이름 붙여진 '피니스 테레'까지 갔다. 대서양의 파도가 거칠게 달려와 절벽을 후려쳤다. 어둠이 스며들고 있었다. 바위에 앉아 차가운 바다의 입김을 흠뻑 들이마셨다. 사진을 찍으려고 했으나, 그간 아쉬운 대로 요긴했던 똑딱이 카메라가 이 유럽의 땅끝마을에서 유언을 남기려는 양 갑자기 작동을 멈췄다. 거의 다 닳은 볼펜 잉크마저 떨어질까 봐 애태우며 일기를 썼다. 콤플렉스가 심한 유년기부터 조울병으로 극단을 오가던 시기를 지나 한 달간의 걷기 여행을 마치고 선 자리. 그 길

엔 내가 처음 띤 형태부터 지금까지의 모습이 오롯이 펼쳐져 있었다.

타인의 시선에 포박되지 않은 내 모습은 까미노를 걷기 전 실제 현실 속 모습과 크게 다르지 않았다. 수줍음, 명랑함, 당돌함, 엉뚱함, 어수룩함, 열등감, 자존감, 대범함, 소심함, 정의감, 비겁함⋯. 과거의 모습과 현재의 모습이 다르다고 하더라도, 공존 불가능해 보이는 요소들이 뒤엉켜 있다고 하더라도 그 어느 쪽이든 모두 나였다. 솔직했고 그래서 충만했다. 나의 연대기가 담긴 지질층을 발굴하는 탐험의 결론이었다.

만남과 이별이

자유로운 곳

길에서 여러 사람을 스쳐 가는 까미노는 만남과 이별을 반복하는 인생의 여정을 은유한다. 길 떠난 지 셋째 날이었다. 두명의 한국인과 함께 걷게 됐는데 속도가 서로 달랐다. 같은 언어를 공유한 탓에 서로에게 기대하는 친절함과 배려의 암묵적인 기준이 있었다. 여정의 도입부를 경건한 고독으로 시작하고 싶었던 나는 체력이 허락하는 한 장거리를 걸으며 몸을 너덜너덜하게 만들고 싶었다. 혼자서 생각을 정리하고 싶기도 했다. 아침에 모두 함께 짐을 챙겨 숙소를 나서는 순간 머뭇대며 말했다. 한국에 전화도 걸어야 하고 뭐 이런저런 할 일이 좀 있으니 신경 쓰지 말고 먼저 가라고 했다. 기다리겠다는 말에 얼렁뚱땅

얼버무려 답하곤, 쉬지 않고 하루 종일 38㎞를 내리 걸어 자연스럽게 ^{또는 허둥지둥} 그들과 헤어졌다. 그날 밤 자다가 깼다.

"제대로 이별 인사를 나누지 않고 우물쭈물 헤어진 게 영 마음에 걸린다. 괴롭다. 나는 왜 이별할 때 제대로 이별하지 못하는가." 2012년 3월 7일

대학 시절 '제대로 이별하지 못하고' 세상을 떠난 남자 친구를 떠올렸나 보다. 그날 밤 꿈에서 다른 사람의 얼굴을 하고 나타난 그를 봤다.

길을 걷기 시작한 지 엿새째 된 날, 마드리드에서 공부하고 있던 친구 희정이 찾아왔다. 나보다 2년 앞서 까미노를 여행했고, 그 매력에 빠져 스페인으로 유학 온 터였다. 희정은 벤토사라는 작은 마을에서 부르고스까지 나흘 동안 함께 걷고는 마드리드로 떠났다. 버스에 오르기 전 내게 '소원 리스트'를 담은 쪽지를 건넸다.

1. 많이, 아주 많이 행복하기. 맘 찡할 정도로

2. 유쾌하고 좋은 친구 많이 만나기

3. 속이 확 풀리는 미남 만나기

4. 들어가는 레스토랑마다 입에 짝짝 붙는 맛있는 음식 먹기

5. 갈리시아에서 피부 미용 경험하기(갈리시아 지방은 강우량이 많아 습도가 높다)

6. 최소 3kg 이상 살 빠지기

7. 산티아고 콤포스텔라에서 행복한 순례 미사. 그곳에서 친구들 많이 만나 '빅 허그' 인사할 수 있기. 그리고 미사 시간에 의자에 앉을 수 있기 (사람이 매우 많음)

'까미노'란 모티브는 인생에 빗댈 상징적 요소가 많다. 여러 나라에서 온 순례자들이 근육통을 참으며 한 방향을 향해 힘겹게 한 발짝씩 내딛는 모습은 죽음이라는 최종 목적지를 앞두고 하루하루를 견디며 살아가는 세상의 풍경을 떠올리게 한다. 부르튼 발을 움켜쥔 낯선 외국인들도 잠시나마 인생의 어려움을 나누는 도반처럼 느껴진다. 특히 까미노는 풍광이 아름답다. 지나가는 마을마다 성당 두오모 이나 대성당 카테드랄 같은 조용한 종교적 장소도 많아 인생과 길의 의미를 사유하는 장소로 맞춤하다.

'까미노 선배' 박희정의 소원 쪽지에서도 드러나는 바, 까미노에선 특히 사람이 중요한 테마다. 우회로나 곁길이 있긴 하지만, 길 떠난 사람들은 같은 목적지산티아고 데 콤포스텔라를 향해 같은 방향서쪽으로 걸어간다. 일직선상의 길을 같은 화살표 방향

으로 걷고 있기 때문에 국적, 용모, 성별 등을 설명하며 아무개를 아느냐고 물으면, 그는 지금 어디쯤 걷고 있다거나 누구랑 같이 가고 있다거나 하는 근황도 들을 수 있다.

까미노에서 정말 환상적이라고 느꼈던 점 중 하나는, 이처럼 인생과 비슷한 요소가 많은데도 현실과 달리 '함께'와 '따로'가 자유롭다는 거였다. 인생에서 접하는 만남과 이별은 강도는 다를지라도 늘 상처를 동반하기 마련이다. 한때의 달콤함과 믿음은 죄책감, 분노로 변할 때가 많다. 그러나 혼자 까미노를 걷는 순례자에겐 '원하는 대로'라는 불문율이 있다. 혼자 걸으려면 혼자, 마음이 맞으면 함께. 오늘 같이 걸은 사람들과 내일도 함께할지는 속도로 조절하면 된다. 어떤 사람과 같이 있고 싶지 않으면 그보다 천천히 가거나 아니면 빨리 가면 된다.

"나는 오늘 혼자 걷고 싶어. 나중에 만나자"라고 말하더라도 별로 미안해하는 기색이 없고, 상대방도 그리 섭섭해하지 않는다. 그 규칙에 익숙한 대부분의 순례자는 밀물처럼 만났다가 썰물처럼 헤어진다. 만남과 이별이 자유로운 곳. 그러니 '판타지'겠지만, 인생에서 이런 판타지 한 번쯤 누려보는 거, 멋진 일이다.

까미노에서 만남과 헤어짐에 서로 목매지 않는 것은 각자 여행의 목적이 조금씩 다르긴 하지만, 영적인 여행이라는 기본적 전제에 암묵적으로 공감하기 때문인 것 같다. 타인을 배려하기보다는 스스로에게 집중하는 것을 존중해주는 분위기랄까. 또 한 달 넘게 걸어야 하는 머나먼 여정이므로 각자 알아서 속도와 컨디션을 조절하는 게 중요하다. 그리고 진짜 이유가 또 있다. 정말 만나고 싶은 사람들은 '만나지기' 때문이다.

내가 스페인에 갔던 2012년 봄엔 스마트폰이 전 지구를 휩쓸기 직전이었다. 전자제품에서 자유로워져야 한다는 일종의 엄숙주의 분위기도 있어서 나를 비롯해 많은 순례자가 휴대폰을 들고 오지 않았다. 길이 엇갈려 한 번 어긋나면 영영 만나지 못할 수도 있는 셈이다. 그러나 산티아고의 매력이란 바라면 이뤄지는 것. 당장 안 이뤄지면 기다리고, 기다리다 보면 이뤄지는 것.

산티아고에 도착하고 나자 여행 초반부에 함께 걸었던 오스트리아 친구, 아스트리드가 너무 보고 싶었다. 엄마를 만난다고 했던 날짜를 계산해보니 나보다 이틀 정도 뒤처졌을 것 같았다. 아스트리드가 도착할 즈음, 산티아고 대성당 광장 앞에서 기다렸다. 그리고 우리, 진짜 만났다. 반가워서 눈물이 났다. 하룻밤 신나게 먹고 마신 뒤 이별의 포옹을 하고 헤어졌다. 그는 당시 마흔을 기념해 뉴욕 마라톤 대회를 뛸 예정이라고 했는데 지금도 스키와 등산, 트레일러닝에 매진하는 모습이 페이스북에 자주 올라온다. 알프스의 침엽수림 사이를 날렵하게 활강하더니 얼마 전엔 히말라야의 랑탕 계곡길에서 웃고 있었다. 이러다가 어느 날, 산길에서 마주치는 거 아닐까? 쉰 살을 기념해 베를린 마라톤을 뛰자고 해볼까? 아, 그러고 보니 몇 해 남지 않았네….

여자 친구

2003년이었다. 서른 살이 됐고 '1차 조울병' 졸업장을 받았다. 신문사 입사한 지 7년째 되는 해였다. 일이 너무나 즐겁고 만족스러운 것도 아니고, 대한민국을 뒤흔들 특종기사를 써본적도 없고, 여생을 함께할 남자를 만나 가연을 맺은 것도 아니고, 하다못해 '철'도 안 들었는데…. 고민 끝에 가장 긴요하면서도 현실적인 프로젝트를 구상했다. 여자 친구 만들기. 또래 여자들에게 시간과 노력을 좀 더 많이 할애하고 진심과 성의를 다하자는 결심이었다.

남자들은 무의식적으로 또는 의도적으로 여자들끼리의 친밀한 관계를 흉보는 경향이 있다. 가령 중·고등학교 시절 남자

바람은 몸의 기억을 부른다

교사들은 친구들끼리 붙어 다니는 여학생들을 보면 너흰 물귀신이냐고 질책하며 여자들의 심리적 의존성에 대해 한바탕 설교를 늘어놓았었다. 대학이나 직장에서 만나는 남자들은 여자의 적은 여자라는 식의 고리타분한 공식을 들이밀며 이간질했다. 이제까지 세계사를 피로 물들인 사건은 태반이 남자들끼리 적이 되고 원수가 되어 저지른 것이었는데도 말이다.

물론 당시에도 자기 노선을 걷는 여자들이 있었다. 여자들의 연대를 소중히 여기는 이도 있었고, 자연스럽게 '언니−동생' 같은 자매애를 느끼게 하는 이도 있었다. 개중엔 여성끼리의 연대를 외치며 자신의 정치적 올바름을 주장하거나 확인하려는 부류도 있었다. 매사 늦깎이인 나는 불필요할 뿐더러 소모적인 여러 유형의 인간 관계를 경험하고 나서야 여자 친구의 소중함을 깨달았다. 연인이든 단순한 친구든 또는 직장 선배나 후배든 여러 종류의 관계에 놓인 남자들에게선 절대로 얻지 못하는 그 무엇이 여자 친구에게 있다는 것을, 서른을 넘기고 나서야 알게 됐다.

각성에서 시작된 여자 친구 만들기 프로젝트는 비교적 순조롭게 진행됐다. 나와 같은 처지에 놓여 비슷한 경험을 하는 여자들이 주변에 많았다. 우선, 같은 또래의 여자 회사 동기들부

터 시작했다. 나까지 합쳐서 셋. 입사 직후엔 아무 생각 없이 친
했었다. 몇 주일씩 집에 못 들어가고 경찰서에서 숙식을 하는
고단한 수습기자 생활을 하면서 나름의 고충도 나누고 꽤 친밀
한 수다도 떨었다. 하지만 시간이 흐르면서 조금씩 멀어졌다.
부서에서 겪는 어려움을 솔직하게 털어놓는 것이 부끄러웠던 듯
하다. 인사 철마다 서로 어느 곳에 배치되는지 촉각을 곤두세우
면서도 사실상 서로가 서로의 자리를 채우는 시스템 가령 사회부 A
가 빠지면 문화부 B가 그 자리에 가고 편집부 C가 문화부로 가는 식의 순환폐쇄형 인사 이
좀 불편했는지도 모르겠다. 당시 회사의 인사 관행은 여자들끼
리 돌려막기 수준이었다. 그러다 보니 우리도 저절로 소원해졌
던 것 같다.

예전으로 돌아가고 싶었다. 2003년 여름 휴가로 우루무치에
서 시안까지 8박 9일간의 실크로드 여행을 계획했다. 광대한 땅
덩이와 오랜 역사를 지닌 중국에 압도된 것과 별도로 '함께여서'
행복한 여행이었다. 우리는 밤마다 진지하면서도 즐거운 토론
을 벌였다. 왜 조직 안에서 여성의 역할이 점차 소극적으로 축소
되는지, 왜 우리는 그동안 이런 문제를 솔직하게 이야기하지 않
았는지 등등. 물론 대부분 이런저런 거 따지지 말고 즐겁게 살자
며 술잔을 부딪는 걸로 결론이 났지만. 여행 뒤 우리는 '친구'로

돌아왔다. 일주일 넘게 함께하며 서로의 날것을 바라봤고, 그 날것에서 솟아난 감정은 '익숙했던 그것', 바로 우정이었다.

회사 동기들과 우정을 회복한 것을 시작으로, 사내 여자 선배, 후배들과도 보다 깊은 관계를 맺을 수 있었고. 기자로서 업무 관계로 만난 이들과도 마음을 열고 친구가 될 수 있었다. '까미노 선배' 희정도 서울시청 출입기자로 일하다 우연히 만나 친구가 됐다. 그는 서울의 한 구청에서 공보 업무를 맡고 있었는데 첫 공식 만남에서 대취함으로써[귀여웠다], 공무원답지 않은 열린 모습을 가감 없이 보여줬다. 그의 신선한 태도에 이끌려 이튿날 안부를 묻는 전화를 한 것이 인연이 되어 깊은 얘기를 나누는 관계로 발전했다. 처음엔 업무 관계로 만났지만 몇 번 만나면서 상대방이 "우리, 친구 하자"고 먼저 손을 내민 경우도 있었다. '배추적 맛 좀 아는 사람'임을 서로 알아봤던 것일까. 험한 세파는 여자들을 '생 속'으로 놔두지 않는다.

2010년 시작한 독서 모임에서도 여자 친구들을 사귀었다. 친구의 친구, 또 그 친구의 친구 등등 심심한 주말에 뭔가 유익한 일을 하고 싶은 예닐곱 명이 '호모 부커스'라는 이름으로 모였다. 책을 징검돌 삼아 한 달에 두 번씩 모이면서 자연스럽게 가까워졌다. 몇 년 뒤 독서 모임은 해체됐지만 그 모임을 통해 소중한 친구들을 얻었다. 이들은 2015년 봄 경조증이 발병해 흔들리던 시기에 나를 꼭 붙잡아 주었다. 늦은 밤까지 술집에 앉아 하릴없이 술잔을 기울일 때 '납치'하여 자기 집에 데려가 재웠고, 술자리에 함께 있던 남자들을 혼내줬으며 내가 엉뚱한 일을 벌이지 않도록 옆에 꼭 붙어있어 줬다.

　여자 친구 사귀기가 늘 성공적이진 않았다. 틈날 때마다 꼭 붙어 다녔던, 서로에게 글을 쓰고 음악을 들려줬던 친구와 사소한 소재로 격하게 싸우고 몇 년이 지나도록 한 번도 만나지 않은 비극적 엔딩도 있다. 생각해보면, 사랑하는 사람들이 지켜야 할 것, 예의 같은 것, 어린 왕자에게 당부한 여우의 표현을 빌려오자면 '의례'의 중요성을 알지 못했기 때문에 실수를 저질렀다. 여우는 '길들임'의 방법에 대해 이렇게 말했다.

　"네가 네 시에 온다면 난 세 시부터 행복해지기 시작할 거야. 네 시가 되면 나는 벌써 흥분해서 안절부절못하고 있을 거야. 그러면서 행복이 얼마나 값진 것인지를 알게 되겠지! 하지만 네가 아무 때나 오면 몇 시에 곱게 마음의 준비를 해야 하는지 알 수가 없어. 의례가 필요한 거야."

친구가 인정하고 싶지 않은 취약한 지점을 예고 없이 거친 말로 찔러댔다는 후회는 나중에야 찾아왔다. 이 사건 이후 남녀를 불문하고, 극한 긴장과 대립을 동반한 격렬한 관계에 겁을 좀 내게 되었다.

비록 실패 사례가 있긴 하나, 나는 여자 친구들과 함께 서로에게 기댈 어깨를 내주는 릴레이 게임 선수들처럼 살아가고 있다. 웃다가 울다가 '따로 또 같이' 흔들리며 걸어간다.

얼마 전 친구들과 함께 강화도로 여행을 갔다. 그곳의 한 시골 책방에서 신경림의 시 〈낙타〉를 함께 읽었다. 나는 소중한 여자 친구들을 생각하면서, 시인의 훌륭한 시를 비튼 것에 죄송함을 표하면서, 책방의 방명록에 이렇게 적었다.

"별과 달과 해와/초원에서 뛰놀다가/돌아올 때는 세상에서 많이/울고 웃은 사람들과 함께 낙타 한 마리 몰고 오겠노라고/이 세상 '지금 여기' 머물며 산 사람들과/사랑 얘기 가장 많이 한 사람들과/길동무 되어서."

꼴찌라도 걷는다

생각이 끊임없이 방울방울 이어질 때 가만히 누워 있기는 괴로운 일이다. 특히 부정적 생각이 휘몰아칠 때 누워 있으면 스스로 몸을 묶고 소리 없이 아우성치는 일과 같다. 걷기는 이 '셀프 속박'에서 벗어나게 해준다. 주변 풍광을 보면서 걷다 보면, 깊은 우물 속에 빠져 있던 괴로움이 스르르 몸을 푼다. 절대적으로 느껴졌던 고통의 부피가 줄어든다. 지금 당장 답이 풀리지 않는다고 해도 견딜 힘을 준다. 땅바닥에 몸 전체를 붙이고 꿈틀꿈틀 움직이는 환형동물처럼 길의 감각을 온몸으로 느끼며 걸어가다 보면 영혼의 어딘가가 '징' 울리는 느낌이 든다.

2016년 초여름, 우울의 우물에 빠져 있었다. 네덜란드행 항공권을 충동적으로 끊었다. 네이메헌이라는 소도시에서 열리는 걷기대회에 나가기 위해서였다. 하루에 30~50㎞씩 나흘 동안 걷는 '피어스 탁^{Viers Tag}'이라는 축제였다. 이번에도 친구 희정이 까미노에서 만난 네덜란드 친구들과 함께 걸어보자면서 손을 내밀었다. 여름이 본격적으로 시작하지 않았는데도 너무 더웠다. 하루에 40㎞씩 걷는 프로그램을 선택했는데, 무아지경 속에서 수십 ㎞를 걷다 보니 태양이 자글자글대는 소리가 환청으로 들리는 거 같았다. 나흘간 총 160㎞를 걸었다. 우울에 시달리던 와중에 걷기대회 일주일 전에 부랴부랴 항공권을 끊은 탓에 비행기 삯만 해도 160만 원에 이르렀다. 1㎞가 만 원어치랄까. 2016년 100회를 맞은 이 걷기대회는 네이메헌 인근에서 열리는 최대 축제로, 주민들은 걷는 사람들을 환대하고 자축하는 아름다운 전통을 지켜오고 있었다. 많은 돈을 들여 명랑하고 떠들썩한 축제에 왔는데도 냄비 밑바닥에 눌러 붙은 음식 찌꺼기처럼 내면엔 끈끈한 우울감이 남아 있었다. 암스테르담도, 로테르담도 구경하지 못하고, 보도 듣도 못한 '네이메헌'이라는 곳에 와서 왜 이렇게 하염없이 걷고 있는 건가, 답답했다. 둘째 날부터는 아예 암스테르담으로 훌쩍 떠나볼까도 싶었다.

반전은 걷기대회 마지막 날이었다. 희정의 발에 온통 물집이 잡혀서 임시 진료실에서 응급처치를 받았다. 나와 보니 길이 휑했다. 절뚝거리며 걷는 몇몇 참가자만 간간이 보였다. 꼴찌. 이런 경우는 처음이라 낯설었다. 그러나 텅 빈 거리에 서니 이상한 편안함이 밀려왔다. 한바탕 큰 소리로 웃었다. 어차피 걷는 건데 뭐 어때? 앞서간다고, 빨리 간다고 꼭 좋은 건 아니잖아? 길거리에 서서 사탕과 물을 나눠주던 주민들이 집에 막 들어가려다가 우리를 발견하곤 돌아서서 박수를 보냈다. 격려 덕분에 발걸음을 멈추지 않았다. 다행스럽게도, 행사 주최 쪽에서 이례적인 무더위를 감안해 마감 시간을 한 시간 늦추는 바람에 '합격' 메달도 받았다.

까미노를 걸을 때 나는 체력이 우수한 순례자였다. 유럽에서 온 덩치 큰 젊은 남자들이 지쳐서 주저앉을 때, 물집투성이 발을 들어 보이며 울상을 지을 때, 동정을 표하면서도 내심 '오홍' 웃었다. 여행을 막 시작한 직후 배낭 무게에 적응하고 나자 걷는 내내 별로 힘들지 않았다. 그처럼 잘 걷는 내가 낙오 위기 그룹에 처하다니.

네이메헌은 걷기의 자유를 선사했다. 자신만의 리듬으로 한 걸음 한 걸음 걸어가는 것, 끝없이 펼쳐진 길을 두 발로 차근차

근 나누며 전진하는 것, 나만의 질서를 회복하는 것. 걷기는 타인의 평가가 불가능한 오롯한 나의 책임, 나의 의무. 그렇게 나는 온전해진다.

네이메헌 걷기대회는 160만 원의 값어치 이상이었다. '걷는 손님'을 맞는 네덜란드 사람들의 뜨거운 환대와 걷기를 끝낸 사람들의 팔에 안겨주는 싱싱한 글라디오스의 향기승리를 상징한다고 한다, 걷기를 마친 뒤 시원한 하이네켄을 마시며 땀으로 짭짤해진 상기된 얼굴을 식히던 일은 즐거운 기억으로 남았다. 그렇게 한바탕 땀을 흘리고 난 뒤, 밑바닥으로 향하던 우울의 나선이 방향을 바꾸며 조금씩 편안한 일상의 궤도로 돌아왔다.

간혹 황홀하게 타오르는 저녁놀을 마주하면 인생에 단 한 번뿐인 석양을 맞는 기분이 들면서 경탄과 아쉬움이 뒤섞인다. 까미노를 걸을 때 그런 기분이었다. 그래서 이렇게 속삭였다. '지금이 바로 인생의 절정이야. 그러니 아무것도 놓치지 마.' 그 달콤한 말엔 가장 아름다운 순간을 막 지나고 있다는 행복감, 그러나 곧 어둠이 내릴 거라는 안타까움이 스며 있었다.

물론 어제의 해와 오늘의 해는 같지 않다. 그러나 찬란한 일몰이 어제의 것만은 아니듯, 스페인의 길도 네덜란드의 길도 저마다 반짝이는 아름다움과 발견의 가능성을 품고 있었다. 황금의 시간이 언제, 어디에서 펼쳐질지 단언할 수 없다. 그로부터 몇 년 뒤 네팔로 즐거운 트레킹 여행을 다녀온 뒤엔, 행복의 파랑새는 모든 길에서 지저귀고 있을 거라고 생각하게 됐다. 꼬불꼬불한 길의 주름을 보면 가슴이 뛴다. 모든 길은 새롭다. 그리고 길은 어디에나 있다.

바람은 몸의

기억을 부른다

　몸을 움직이는 행동은 뇌에 유익하다. 과학적으로 충분히 밝혀진 바다. 많은 뇌과학 관련 대중서는 우울증을 비롯해 기분 불안에 운동이 얼마나 도움이 되는지 쉽고 자세하게 일러준다. 운동은 수면의 질을 높여주고, 식사를 즐겁게 해주며, 정신을 예리하게 만들어주고, 불안과 스트레스를 떨어뜨리고, 침대에서 일어나 집 밖으로 나가게 돕는다. 운동을 하면 신경세포 뉴런의 성장을 돕는 뇌유래신경영양인자BDNF가 솟아나 뇌를 강화하고, 동기 부여와 의지력을 높이는 신경조절물질 세로토닌 수치를 높이며, 집중력과 관련된 노르에피네프린을 충전시키고, 행복감을 증진시키는 도파민을 선물한다. 약물의 도움을 받지 않고도, 스스로의 힘으로 '뇌의 비료' '뇌의 스테로이드'를 쭉쭉 뿌릴 수 있다니 얼마나 기쁜 소식인가. 뇌가 튼튼해지면 우울증뿐 아니라 다른 스트레스를 이겨낼 힘도 기를 수 있다. 《우울할 땐 뇌과학》의 저자 앨릭스 코브는 "우울증이 야기하는 거의 모든 문제는 운동으로 해결할 수 있다"고까지 말한다. 좀 과격하지만 실천의지를 북돋는 메시지다.

운동이 목적이라면 역시 걷기보다는 달리기다. 장거리 걷기나 도보 여행은 시간을 내기 쉽지 않으므로 짧은 시간에 높은 효율을 거두는 데는 달리기만 한 것이 없다. 2005~2006년 한창 마라톤에 심취했으나 한동안 러너의 정체성을 잊고 살다가 일년여 전부터 다시 달리기를 시작했다.

달리기처럼 원초적인 움직임으로만 구성된 운동도 찾기 힘들지만, 사실 달리기는 매우 섬세한 운동이다. 나는 달릴 때 발바닥, 종아리, 무릎, 허벅지, 고관절, 엉덩이, 뱃살의 출렁임, 가슴, 어깨, 팔, 볼, 머리카락 등 몸을 이루는 각 부분의 세세한 움직임을 느낀다. 그 내역을 종합해 목표 지점까지 어떤 페이스로 달릴 수 있는지 가늠해본다. 달리기는 상념에 빠질 여유가 없어 생각의 고리를 쉽게 끊을 수 있다. 아니, 한참 숨을 몰아쉬다 보면 머릿속을 어지럽게 흘러가던 생각들이 어디론가 날아가 버렸음을 깨닫게 된다. 달리기는 걷기처럼 천천히 주변의 풍광을 살피거나 사색에 젖을 수 없지만, 한순간에 흠뻑 빠져 온 마음을 다하는 집중의 기쁨을 준다.

무엇보다 달리기는 나의 역사와 영혼의 뿌리에 맞닿아 있다. 러너들의 경전이랄 수 있는 《달리기와 존재하기》에서 미국의 의사이자 작가이자 러너인 조지 쉬언은 "삶의 진정한 목적은 어린 시절로 돌아가는 것"이라고 했다. 그에게 어린이의 마음으로 돌아가는 비밀의 문은 놀이, 즉 달리기였다. 달리기에 관한 진지한 표현은 여럿이지만 달리기를 '놀이play'라고 한 쉬언의 말이 무척 마음에 든다. 달리기야말로 온 마음을 쏟아부어 뛰어노는 행동이니까. 그리고 뛰어노는 것이야말로 삶을 즐기는 가장 좋은 방법이니까.

어린 시절 성격이 내성적이었는데도 밖에 나가 뛰어놀기를 좋아했다. 공부에 압박감을 느끼기 전인 초등학교 4학년 정도까지는 하루에 두 시간 정도 나가서 노는 게 일과였다. 공놀이나 배드민턴 연습을 하기도 했지만 대부분은 술래를 피해 숨 가쁘게 뛰고 달리는 놀이가 많았다. 운동화 끈을 바짝 매고 거리로 나서면, 학교에서 돌아오자마자 가방을 내팽개치고 밖에 나가 뛰어놀던 어린이로 돌아가는 기분이다. 숨을 헐떡이고 온몸에 땀이 차오르고 근육이 정련되는 느낌. 그 순수한 즐거움의 세계로 들어간다.

어린 시절 한창 밖에서 뛰어놀다 보면 날이 어둑어둑해지고, 같이 놀던 아이들은 저녁 먹으러 오라는 엄마의 독촉에 한참 쭈뼛거리다 들어가곤 했다. 피곤한 얼굴로 귀가하던 우리 엄마는 골목에서 얼굴이 온통 상기된 채 뛰어노는 나를 발견하곤 활짝 웃었다. 어스름 내리던 집 앞 골목길, 할머니의 된장찌개 냄새, 엄마를 기다리던 어린 마음. 달리기는 추억으로 한걸음에 달려가게 만든다.

기분이 어수선할 때, 한 시간 넘게 달리면 바람이 몸의 순수한 기억을 전해준다. 기분 좋은 피로감이 몰려온다. 좋은 잠이 기다린다. 나는 달린다. 어린이다운 단순함으로. 그리고 어린이처럼 달게 잔다.

그러니 평화를 준비하겠다

2001년 첫 조울병 발병, 2006년 재발. 그리고 지금까지 몇 번의 작은 조울 파고를 넘었다. 그때마다 가슴이 덜컹 내려앉곤 했다. 2014년 6월에도 이런 메모를 남겼다.

"조증의 전조. 시계가 좀처럼 움직이지 않는 듯한 느낌. 생각으로 머리가 터질 듯한 느낌. 뇌가 심장처럼 펄떡거리는 느낌. 충동에 내맡기는 삶. 무섭고 두렵다. 이겨낼 수 있기를…."

그렇지만 생각한 것처럼 감정이 극단으로 치닫진 않았고, 꾸준한 관리 덕분에 잘 정비돼 있던 징검돌을 디뎌가며 조와 울을 무사히 건넜다. 작은 마찰은 있었지만 최근 몇 년간 조울병과 그럭저럭 휴전 상태를 유지하고 있는 셈이다.

십여 년 전 여름이었다. 정원에서 풀썩 하는 소리가 들렸다. 꽃이 떨어지는 소리였다. 능소화였다. 화려하고도 처연하게 타오르던 꽃이 떨어지는 소리는 의외로 평범했다. 떨어진 꽃잎을 보는 사람의 마음은 울렁이지만, 꽃 떨어지는 소리도, 땅에 떨어진 꽃잎도 천연덕스러웠다. 개화가 화려함이라면, 낙화는 평화였다. 조울병은 물론 생물학적인 질병이지만 불안과 스트레스를 도닥일 수 있는 마음의 운용법도 중요하다. 만약 내가 개화와 낙화, 차오르는 것과 기울어가는 것에 동등한 아름다움을 부여한다면 조울병과 좀 더 사이가 좋아지지 않을까. 꽃 떨어지는 소리에 귀 기울일 여유를 가진다면, 낙화를 순리로 받아들인다면 조울병도 담담하게 맞을 수 있지 않을까.

나는 조울병과의 평화를 원한다. 그러니 평화를 준비하겠다. 꽃 지는 풍경도 눈에 넣어두겠다. 일렁이는 우울과 불안을 감추진 않겠지만 최대한 자연스럽게 받아들이도록 노력하겠다.

조울병은 내게 새로운 세상을 보여줬다. 현실과 광기 사이의 좁은 틈에 끼어 심연을 바라보았다. 불안하고 두려운 일이었지만, 넘쳐나는 감수성과 창의성, 자발성을 경험했다. 이처럼 고양된 자아에 깃발을 높이 매달고 흔드는, 심장 터지는 경험을 하기 쉽지 않다. 물론 그다음엔 우울의 바닥에서 죽음의 커튼을 들출 뻔했지만 말이다. 조울병을 앓지 않았더라면 내가 얼마나 약한 존재인지 깨닫지 못했을 것이다. 사람들이 보내준 지지와 응원에 이처럼 마음 깊이 감사하지 못했을 것이고, 내가 얼마나 운이 좋은지 몰랐을 것이다.

조울병을 앓았던 미국의 시인 로버트 로웰은 이런 말을 남겼다고 한다. "터널의 끝에 불빛이 보이면 그건 햇빛이 아니라 다가오는 기차의 불빛입니다."

터널 멀리 보이는 한 줄기 빛이 햇볕인지, 다가오는 기차의 불빛인지 분간할 능력은 없다. 그러나 끝내 빛의 정체를 확인할 수 없더라도 멈추지 않을 것이다. 빛이 거기에 있으므로 나아갈 수밖에 없다. 주춤주춤하면서도 전진하는 용기를 잃지 않았다고, 흔들리면서도 걸어갔다고, 그만큼 스스로를 사랑했다고, 눈을 감기 전 나에게 말해주고 싶다.

나의
주치의 선생님을
만나다

주치의 선생님과의 인연은 2007년 이른 봄으로 거슬러 올라간다. 지금도 한 달에 한 차례가량 선생님의 진료실을 찾고 있다. 13년이라는 오랜 시간 동안 자발적인 '충성심'을 유지하고 있으니 나, '운 좋은' 조울병 환자라고 할 수 있겠다.

선생님은 내가 신뢰하는 의사다. 그의 입을 빌려 조울병에 대한 구체적인 정보와 지식, 치료 방법, 환자가 일상을 헤쳐나가는 데 필요한 생각과 태도에 대해 '종합 정리'를 시도했다. 그동안 진료실 밖에서 의사 가운을 벗은 선생님과 제대로 얘기를 나눠본 적이 없었기에 환자 아닌 신분으로 처음 만나는 것은 퍽 궁금하고도 신나는 일이었다.

2007년 진료실에서 처음 뵈었을 때
본인에게 치료를 받아보지 않겠냐고 물으시면서
'조울병에 관심이 많다'고 하셨습니다. 계기가 있나요?

- 레지던트 초반 폐쇄병동에서 처음 만난 입원 환자가 조울병 환자였어요. 심한 조증 상태라 행동 조절이 잘 안 됐기 때문에 침대에 어쩔 수 없이 결박할 수밖에 없는 상황도 벌어졌어요. 처음으로 그런 모습을 보면서 마음이

많이 힘들었고 그러다 보니 깊은 인상이 남았습니다. 조증기 환자들은 감정이 굉장히 강렬하다 보니 의사와의 상호 관계에서도 극적인 인상을 남깁니다.

나 역시 2001년 폐쇄병동 입원 때 슬픔과 분노를 폭죽처럼 쏘아댔던 사람이다. 나를 지켜보던 젊은 레지던트 의사들의 당황스러운 눈빛이 기억난다. 아마 선생님도 그랬을 거다.

제가 선생님을 처음 만난 때는
우울감으로 헤매던 시기였습니다.

- 조울병은 적절한 치료를 잘 받으면 사회적으로도 우수한 능력을 보이며 성공적인 삶을 살아갈 수 있지만, 치료를 안 받으면 재발이 잦고 증상이 더 심해져서 삶을 제대로 영위하기 어렵습니다. 즉, 치료를 잘 받느냐 아니냐에 따라 좋아지고 나빠지는 진폭이 큰 병이지요. 저는 조증 시기에 약 처방하는 것도 중요하지만, 조증 시기 뒤에 찾아오는 우울기의 혼란스러운 심리에 대해 관심이 많았고, 여기에 의사의 개입이 아주 중요하다고 생각했어요.

조울병은 격렬한 감정이 끓어오르는 조증과 늪에 빠진 듯한 울증이 주기적으로 교차하는 데다 그 강도도 다르게 나타나기 때문에 양상이 복잡하다. 병에 대한 정확한 정보를 체화하지 않는 한 환자는 혼란스럽다.

평소 감정의 높낮이 격차가 심한 사람들이 있습니다. 그 경우에도 조울병이라고 진단하나요?

- 일상생활 속에서 감정의 진폭이 크다고 조울병 환자는 아닙니다. 감정의 높낮이 격차는 스트레스나 우울증에 대한 반응으로 볼 수 있습니다. 조증은 누가 봐도 뚜렷할 정도로 흥분과 고양이 심한 병적 상태에 놓이는 것입니다. 진단과 관련해 뚜렷한 의학적 기준이 있습니다.

'진짜 조울병'은 그와 다른가요?

- 조울병은 제1형 양극성장애와 제2형 양극성장애로 나뉩니다. 1형은 뚜렷한 조증mania-울증의 양상이고 2형은 경조증hypo mania-울증의 패턴을 보입니다. 1형의 조증 환자는 지나친 흥분 상태가 지속되기 때문에 누가 봐도 뭔가

이상한 점을 알아차릴 수 있어요. 이 시기엔 어쩔 수 없이 보호적인 입원 조치가 필요한 경우가 많습니다. 그러나 2형 경조증은 본인도 자각하기 어렵고 환자를 아주 잘 아는 가까운 사람들 아니면 인지하기가 쉽지 않습니다. 제2형 양극성장애라는 개념이 나온 것도 20년 정도밖에 안 됐거든요. 비유를 하자면 조증이 평소 에너지보다 10배 정도로 증폭되는 것이라면 경조증은 2~3배 정도로 상승하는 것이라고 할 수 있습니다. 10배의 속도로 마구 달려가면 넘어져서 크게 다칠 수 있지만 2~3배 속도면 그처럼 크게 다치지 않고 오히려 높은 생산성과 창조성을 발휘할 수 있습니다. 경조증으로 병원에 오는 환자가 별로 없는 이유입니다.

통제 불가능할 정도가 아니라면 조증은 황홀한 도취감을 자아낸다. '문제를 일으키지 않는 안전한 조증이 있다면 좋을 텐데'라고 상상해본 적이 있다.

경조증으로 창의력이 고양된다면 굳이 치료를 받아야 할까요?

-      경조증이라고 하더라도 그 뒤엔 심한 우울증이 이어지고,
       이 상태가 경조증보다 훨씬 오래 지속됩니다. 제2형 양극
       성장애 환자들이 병원을 찾는 것도 우울기 때입니다. 그
       래서 처음에 우울증이라고 진단받은 환자들도 자세히 살
       펴보면 우울증 전에 경조증을 경험한 경우가 왕왕 있어
       요. 결국 제2형 양극성장애로 다시 진단받기도 합니다.

**우울증은 '마음의 감기'이고, 누구나 걸릴 수 있다고도 합니다.
조울병도 이처럼 누구나 걸릴 수 있는 병인가요?**

-      조울병과 일반 우울증은 다릅니다. 조울병은 생물학적인
       원인에서 기인해 병리학적 성격이 짙은 '진짜 병'입니다.
       우울증 가운데 반복적으로 재발하는 진짜 병도 있지만
       인생의 굴곡을 겪으며 스트레스로 인해 발병하는 심리적
       어려움인 경우도 있습니다. 사실 우울증이란 병명은 정
       확히 하나로는 규정할 수 없을 정도로 여러 곤란한 상황
       을 통칭한다고 할 수 있죠. 마음의 감기라는 표현은 통상
       적으로 우울증 치료의 문턱을 낮추기 위해 쓴 말이지만

우울증을 너무 가볍게 표현하는 문제점도 있습니다.

조울병 치료에서 어떤 점이 가장 중요할까요?

- 무엇보다도 자신과 잘 맞는 의사를 찾아서 적절한 치료
를 받는 것입니다. 처음에 만난 의사가 환자 마음에 딱
들기란 거의 불가능하지요. 최소한 몇 달 정도 치료를 받
아보다 자신과 영 맞지 않는다는 판단이 들면 두 번이고
세 번이고 다른 의사를 찾아가야 해요.

의사의 말을 잘 따르면 완쾌가 가능한가요?

- '완쾌'라는 것이 약을 완전히 끊는 의미라면, 조울병은
완쾌가 좀 어렵습니다. 치료^{cure}가 아니라 관리^{care}해야
하는 만성질환에 가깝죠. 환자가 계속 잘 관리하면 삶을
잘 꾸려갈 수 있지만 재발을 여러 번 하면 사회생활을 성
공적으로 할 수 있는 기회가 사라져요. 조울병은 대체로
20~30대에 발병하는데 그 시기는 사회에서 자리를 잡는
중요한 때잖아요? 이 시기에 여러 번 재발한다면 그 후

에 증상이 좋아지더라도 훼손된 인간관계를 원상으로 돌리기 어렵고 사회 복귀도 힘들어집니다.

하지만 약을 먹으면 멍한 기분을 느끼거나 졸음이 쏟아지기 때문에 투약을 거부하는 환자들도 많아요.

-      물론 약을 먹으면 불쾌감이 있을 수 있습니다. 창의성과 생산성이 줄어든다는 이유로 약을 안 먹기도 하지요. 그러나 객관적인 연구 결과를 보면 약 때문에 창의력이 감소된다는 증거는 없어요. 오히려 약을 먹고 안정된 컨디션으로 더 좋은 성과를 냈다는 결과도 많습니다. 약으로 인한 주관적인 불쾌감 때문에 치료가 싫어진다면 주치의와 상의하면서 약을 교체하거나 조절해야 합니다.

나는 잘 맞는 약을 처방받아서인지 평생 약을 먹어야 한다는 데 저항감이 없었다. 다만, 선생님과 좀 더 충분히 상담을 하면 좋겠다는 생각은 했다. 그러나 진료실 밖에 대기하고 있는 환자들이 뻔히 보이는데 선생님과 너무 오래 얘기할 순 없었다.

한국의 현행 의료 시스템에선 오랫동안 정신과 의사의 상담을 받는 게 힘듭니다. 의사와 충분히 상담하는 게 힘들다면 전문 심리 상담사의 도움을 받아야 할까요?

- 정신과는 값비싼 검사나 고가의 치료가 없는, 병원으로 선 당장 수익이 나지 않는 노동집약적인 분야입니다. 조금 나아지고는 있지만 더 적극적인 정부 지원 없이는 5분 이야기하고 약을 처방할 수밖에 없는 현실입니다.

  상담이 필요한 환자들이 전문 상담사를 찾는 경우도 많은데, 대부분의 심리상담은 프로이트의 정신분석 기법을 따르고 있습니다. 조울병에 대한 이해가 깊지 않은 심리 상담사에게 받는 이런 상담은 별로 도움이 되지 않을 수 있습니다. 정신과에서도 약 이외의 심리치료 기법을 사용하기도 합니다. 인지행동치료Cognitive and Behavioral Therapies나 대인관계사회리듬치료Interpersonal Social Rhythm Therapies 등 여러 방법이 있어요. 이는 과거 경험을 바탕으로 한 정신분석이 아니라 문제에 봉착할 경우 대처 방법을 깨닫고 체화하는, 현재와 미래에 초점을 맞춘 치료 기법입니다.

아이를 원하는 조울병 여성 환자들은 임신과 출산에 대한 고민이 매우 깊다. 《나는 조울병을 어떻게 극복했는가》의 저자 케이 래드필드 재미슨도 결코 임신해선 안 된다는 정신과 의사의 단호한 말에 상처를 받기도 했다.

조울병 환자는 임신에 어려움이 많다고 들었습니다.
유전의 문제도 있고 산모가 약을 끊으면 본인에게도
좋지 않다고 합니다.

- 유전과 전혀 상관이 없는 병은 이 세상에 없습니다. 엄마가 조울병 환자일 때 자녀가 조울병에 걸릴 확률이 높아지는 것은 사실입니다. 그러나 유병율 1%인 조울병의 확률이 몇 배 늘어나도 몇 % 정도밖에 안 되니 아이가 조울병이 아닐 확률이 훨씬 높지요. 조울병 때문에 절대 결혼을 못 하거나 아이를 낳아서는 안 되는 건 아니지만 남편과도 정보를 공유하면서 충분히 상의하여 결정해야 합니다. 만일 결혼을 염두에 두고 있다면 상대방에게 병력을 알려주는 게 필요합니다.

조울병 약이 태아에게 안 좋은 영향을 미치느냐의 문제

도 좀 복잡합니다. 유럽과 미국 기준이 조금씩 다르지만, 보통 약물은 태아에게 영향을 끼치는 정도에 따라 다섯 가지 등급으로 나뉩니다. 대부분의 약은 C등급입니다. 아무런 영향도 없는 A등급 약은 거의 존재하지 않습니다. 조울병 치료제 중 임신 중 금기시되는 X등급도 있지만 대부분 C등급입니다. 주치의와 충분히 상의하여 약물 조절을 잘한다면 큰 어려움 없이 임신과 출산을 하는 경우가 훨씬 더 많습니다.

조울병 환자가 회복하고 있다는 판단이 드는 건 언제인가요?

- 본인이 조울병에 대해서 마음으로 잘 정리할 수 있는 게 회복의 포인트라고 생각합니다. 병의 문제와 인생의 문제를 분리할 수 있고, 그러면서도 병이 인생에 어떤 의미가 있는지 살필 수 있다면 회복의 시기로 들어섰다고 볼 수 있습니다. 이렇게 되면 주현 씨처럼 스스로 치료에 적극적으로 참여할 수 있죠.

좋은 정신과 의사와 환자의 관계란 어떤 것일까요?

- 프로페셔널한 관계가 가장 좋다고 생각합니다. 비즈니스 관계도 아니고 개인적 관계도 아닌, 전문가에 대한 신뢰를 바탕으로 한 관계를 말합니다. 정신의학계에선 의사와 환자 간의 경계 깨기boundary violation를 의료 윤리 위반으로 보고 있습니다. 동성이라 할지라도 의사와 환자가 개인적으로 친밀한 관계를 맺으면 환자에게 안 좋은 영향을 끼칠 때가 많습니다. 특히 이성 사이엔 더 민감한 문제가 될 수 있고요. 미국의 일부 주에선 정신과 의사와 환자가 진료를 넘어서 개인적인 관계를 맺는 것을 규제하고, 치료가 끝난 뒤에도 일정 기간 이내엔 결혼할 수 없다는 규정을 두는 곳도 있을 정도입니다. 드라마나 영화에서 의사와 환자가 로맨틱한 관계를 맺는 설정이 종종 나옵니다. 정신과 의사가 아니라면 로맨스 장르가 되겠지만, 정신과 의사와 환자가 이런 관계가 되면 스릴러가 되기 십상이죠.

내가 선생님을 뵌 첫해, 그러니까 2007년 말이었다. 일 년 가까이 진료실에서 훌쩍이고 나자 마음의 갈피를 잡았다고 할까, 자신감 같은 것이 싹트기 시작했다. 어떤 방법으로든 고마운 마음을 표현하고 싶어 식사를 대접하고 싶다고 했더니, 선생님은 특유의 차분하고 진지한 태도로 말씀하셨다. 정신과 의사는 환자의 내면세계에 대한 많은 정보를 가지고 있기 때문에 어떤 형태로든 진료실 밖에서 개인적인 관계를 맺을 경우 환자가 상처를 받는 경우가 많고 이는 치료에 도움이 되지 않는다는 설명이었다. 이제까지 내가 접해본 거절 중에 가장 명쾌하고 우아했다. 내가 선생님에게 전폭적인 신뢰를 보내게 된 결정적 사건이었다. 전문가는 역시 달랐다. 선생님은 인제대학교 백병원 정신건강의학과 교수로 일하고 계신다. 그의 이름은 김원이다.

삐삐언니는 조울의 사막을 건넜어

© 이주현, 2020

초판 1쇄 발행 2020년 4월 15일
초판 6쇄 발행 2024년 6월 20일

지은이   이주현
펴낸이   이상훈
편집2팀   최진우 원아연
마케팅   김한성 조재성 박신영 김효진 김애린 오민정

펴낸 곳   (주)한겨레엔 www.hanibook.co.kr
등록   2006년 1월 4일 제313-2006-00003호
주소   서울시 마포구 창전로 70(신수동) 화수목빌딩 5층
전화   02) 6383-1602~3 팩스 02) 6383-1610
대표메일   book@hanien.co.kr

ISBN 979-11-6040-372-5 03810

• 책값은 뒤표지에 있습니다.
• 파본은 구입하신 서점에서 바꾸어 드립니다.